Udo Slawiczek

Minge Ühm

En Biografie op Kölsch

Herstellung und Verlag: BoD – Books on Demand,
Norderstedt
ISBN: 9783754385685

Et jit jo in jeder Famillisch ejne, dä *e betzje* us d'r Art schläht. Dä *e betzje* komisch es, sich jet vun dä andere avkapselt, oder beim Fiere met d'r Verwandschaff domm Zeuch verzällt, jrad wenn dä Alkohol en et Spill kütt. Dä halt trotzdäm dobei es, weil mer sich de Verwandtschaff nit *ussöke* kann. Su ejne es dä Helmut, ne Broder vun minger Mamm, un domet also minge *Ühm.* Dä es op ejne Art, ens direk jesaat, e Arschloch, un anders *beluurt* ävver och ne ärme Kääl. Un et jitt zwei Saache, für die ich'em ze danke han.

Dä hätt mer ens et *Lävve* jerett. Do kann ich mich selvs nit mieh dran erinnere, ming Oma hät mer dat späder ens verzallt.

Domols hammer all em Huus vun minger Oma jewonnt, unge dä Helmut un ming Oma, ovve ming Eldere un ich. Do wor ich noch klejn, wie dat met minge Eldere usenander jing, wor ich etz vier Johr alt.

Ja jedenfalls wullte ming Eldere wohl ens *usjonn* un woren anscheinend ze *kniestisch*, ejne ze bezahle, dä op mich oppasse sollt. Villeich han se och jraad kejne jefunge. Un do han se mich ejnfach an et Bett *fassjebunge*.

Wie et kohm, wejß kejner, villeich han ich mich em Schloof verheddert, jedenfalls han ich mich dobej bal stranguleet. Nu hatte mer domols nur ej Badezemmer, bej uns ovve, un minge Ühm wollt an dem Ovend dann noch en de Bütt un kütt su bej uns am Schlofzemmer vobej, un do muss hä wohl jet *jehoot* han. Do hät hä dann ens *no mir jeluurt* un hätt mich dann lossjebunge, un wenn dä nit jewese wör, dann wör et met mir ald am Eng jewäse.

Selvs es hä mer nie domet jekumme.

Wie et met met minge Eldere usenander jing, wor ich met minger Mamm en dä Wunnung jeblevve un do wor minge Ühm för en lang Zick de ejnziste Mann em Hus. Do hatt ich dä zoeez wie su'n Art Ersatz-Pap ahnjesinn, wat hä ävver nie wor un och nit sin kunnt. Ävver hä wor minge Pate un jov sich in dä Roll och jroßzüjisch, un dodurch jit et noch jet, wat ich'em nit verjesse wäde. Wie ich 13 Johr wood, hatt ich mer zum Jebootsdaach en Kamera jewünsch. Nix *düres*, en Knippskess met 3 Symbole für Sunn, Wolke un Rähn, für 30 Mark. Ming Mamm wullt mer die ävver nit bezahle. Ich künnt jo ihre Apparat han, wenn ich ens e Bild maache wullt, hätt se jesaat. Dat wor en noch billijere Kess, wo janix zom enstelle dran wor.

Minge Ühm es dann enjesprunge un hät mer die Kamera jekouf. Un ich han schnell jemerk, dat mer dat fotojrafiere Spaß mäht, un dat ich och Talent doför han un jet Anerkennung krije. Ej Johr späder jov et em ZDF ne Fotowettbewerb, do han ich met Belder vun dä Kamera ne Preis jewunne. Un met de Johre han ich met dem fotojrafiere och vill erläv un och e *betzje* Jeld verdeent.

Vill vun dem, wat ich jetz he süns vun mingem Ühm verzälle, es nit schön. Ävver allejn wejen dä 2 Saache wid hä emmer jet jot han bej mir. Un e betzje dejt hä mir och Lejd, dä hätt e besser Lävve han künne, unger andere Ömständ.

Ming Mamm wor met zwei Bröder jruß jewoode un et jüngste vun dä drei Pänz. Dä Äldste, Karl-Heinz dät dä hejße, han ich nie kennejeliert. Minge Opa wor nämlich ald aach Johr dud, eh ich op d'r Welt kohm, un do jov et ärch Zänkerei mem *Erve*.

Dä Karl-Heinz wor jo eijentlich nur ne Halvbroder, dä wor vun de eetzte Frau vum mingem Opa, die moss su öm 1932 jestorve sin. Drej Johr späder hätt minge Opa dann widder jehierct, dat wood dann ming Oma. Die kohme beide vun St. Goar un hatte ihr rheinhessische Sproch emmer bejbehalde.

Minge Opa wor och esu ejne, dä nit jähn no'm Dokter jingk. 1952 es hä dann op d'r Ärbejd zesammejeklapp, wäje Blindarm, un do wor et ze spät un hä es jestorve, met 54. Dä Karl-Heinz wor do 21, jrad verhieroot un broot natürlich Jeld.

Dat wor nur paar Johr no'de Währung, ming Jroßeldere hatte domols jrad ez et Huus jebaut un ming Oma hat dann natürlich nix wie ne Houfe Schulde am Hals jehatt. Ävver vum Jesetz her kunzte do nix maache, wenn einer säht, ich will mi Jeld, dann mösse die andere sinn, wie se dat jerejelt krieje.

Ming Oma hatt dat dann och hen kräje, hatt ävver dann noch bes en de 1970er dodran avzebezahle, un deshalv wullt die nix mieh met däm Karl-Heinz ze dun han. Un dä hatt met singer „Stiefmamm" und dä „Stiefjeschwister" och nix mieh am Hoot.

Ich wejß noch, als Panz ben ich met minger Oma *öm de lerzte röm* ald ens met en et Dörp jejange. Dann jingk et zoeez op de

1941: ming Oma (Sophie), ming Mamm (Helga), Karl-Heinz, minge Ühm (Helmut), minge Opa (Karl)

1950, de Jrundsteinlejung für et neue Huus: Helmut, Karl-Heinz (vürre), Helga, Sophie, Karl. Dä Mann hingerm Karl-Heinz kenne ich nit, dat weed ejne vun de Siedlungsjemeinschaff gewäse sin.

Poss oder de Sparkass, de Rente avholle. Dann jäjenöver en de *Vege* jet enkoufe. Un op'm Wääch noh Hus dann noch en de Polsterej, ne Fuffzijer für de Bette, de Sessel un et Sofa avbezahle, die se ze Aanfangs ens ahnjeschaff hatte.

Ming Oma, die wor 45, wie dä Opa jestorve es, hat ävver dann nie mieh jet met nem andere Kääl anjefange un sich ihre eijene Jung, dä Helmut, bej sich jehalde. Un dä hät dat och all die Johre met sich maache loße. Dä hatt dann jo och Kossjeld avjejovve un met dofür jesorch, dat de Oma dat Huus halde kunnt. Un kraht vun der de Klamotte jekouf, lohd sich morjens et Hemp erusläje, kraht jekoch un och süns alles jemaat un hat nie su richtich probeet, sich ens selvs en Frau ze sööke. Dä hät och janit jewoß, wie hä dat anstelle sullt.

Die zwei han sich dann su richtich metenander *injeijelt*. Früncte hatten die fass jar kejn. Un och met d'r Verwandschaff han se net vill am Hoot jehatt.

Die hatte *unge* em Hus jewonnt un ich vun klejn ahn ovve, zoeetz met minge Eldere, noh de Scheidung dann met minger Mamm, späder dann widder met dä ihrem neue *Tuppes* un dann noch ens en Zick allejn.

Zwei Mann han zweschedren och ens met em Huus jewonnt. De Oma broot jo Jeld für de Hypothek un do hatt se e Zemmer an ne Monteur vermeet, dä Hermann. Dä wor vun Wiesbade un hatt he en dä Jäjend vill op Baustelle ze dun jehatt. Die eezte Zick wor dä Hermann für mich mieh sujet wie e

Dat weed öm 1954 jewäse sin, irjendswo zwesche Koblenz un Mainz.

Do hatt hä sich ens met singe ahl Fründe us d'r Schull jetroffe: Horst, Willi un Karl-Hermann. Ich schätze esu öm 1958.

Phantom. Dä wor jo ald do, eh ich jebore ben. Dä kohm ävver ovends eez spät eren, wenn ich ald en et Bett moht, un eh ich morjens opstund, wor dä ald widder ungerwähß. Wenn en Baustell jet wigger fott wor, es hä och ens do en e Hotel jejange. Un wahrscheinlich hät hä av un zo och ens e *Fisternöllche* jehatt un es dann naaks bej der jeblevve. Am Wochengk es hä suwiesu mietsdens noh Hus jefahre.

Jewahr woode, dat do noch ejne em Huus wonnt, ben ich nur, weil do emmer e Zemmer avjeschlosse wor un ich dann jesaat kräht, do kannste nit eren, do wonnt dä Hermann.

Dat moss dann noch bestemp e halv Johr jeduurt han, eh ich dä dann doch ens em Flur ze Jeseech kräje hatt. Dat wor an nem Samstach, do wor et'em secher ovends vürher ze spät jewoode für noh Hus ze fahre. Wat biste groß geworde, mejnt hä dann. Dä weed mich jo fröher ald ens jesinn han, wie ich klejner wor, do kann ich mich ävver nit dran erinnere.

Dat jingk e paar Johr su, bes hä woanders en neu Arbejd ahnjenumme hatt, un dann wor hä widder fott. Neu vermeede wullt un broot ming Oma donoh nit mieh, un minge Ühm hät dat Zemmer dann ömjebaut. Vürher hatte'se et jrößte Zemmer jo als Wonnköch, wo jekoch, jejesse un Fernseh jeluurt wood. Un minge Ühm hatt dann us dem Fremdezemmer die neu Köch jemaat, un die ahle wor dann nur noch et Wonnzemmer.

Dä andere wor dä Dieter, dat wor ne Son vun minger Oma ihr Schwester Anni en de DDR. Vun do wor dä öm 1963 eröm

Och esu 1958 eröm, vür'em Huus met Verwandschaff: vun räächs Onkel Heinrich, ne Broder vun minger Oma, sing Dochter Christine, Helga, die nächste wejß ich nit (künnt en Schwester vun minger Oma sin), Oma Sophie, Helmut, Tant Loni (die Frau vum Heinrich).

Dä Heinrich hatt en Frechen jewonnt un wor fröher och ald ens me'm Fahrrad vorbej jekumme. Irjendswann hatt ming Oma ens Krach met däm Loni kräje, woröm wejß ich nit. Un vun do ahn hatt ming Oma met dänne kej Wördche mieh jewäßelt. Wenn ne andere vun de Verwandschaff ens in die Jäjend kohm, mohte die sich entscheide, wä se vun dä zwei besöke jingke, eez dä ejne un dann die andere wor nit dren. Övver 20 Johr jing dat esu.

Dä Heinrich wor 5 Johr ähler wie ming Oma un es e paar Johr vür dä jestorve. Do wor se dann beleidisch, dat se kejn Kaat kräje hatt. Hengerm Sarg herjeloufe wör se süns. Fridde jov et met der eez no'm Dud.

avjehaue un kunnt de eezte Zick bej uns ungerkumme. Ich mejn mich ze entsinne, dat mer all zesamme en de ahle Wonnköch vür'm Fernseher jesesse un jesinn hatte, wie dä Kennedy ömjelaat woode es.

Vun däm Dieter moss dat och herjekumme sin, woröm ming Oma et nit han kunnt, we'mer am Fernseh jet nohstelle wullt. Dä moss ens probiert han, ne DDR-Sender erenzekrije. Dat kunnt natürlich nit klappe, su wick üvver de Jrenz kohme die jo

nit, un met däm Jerät vun minger Oma krahtsde noch nit ens et Dritte ren. Un an Satellitte dofür wor jo noch nit ze denke. Donoh jov et jet Spell, dat widder neu enzestelle. Vun do ahn durftste do nix mieh dran erömdriehe.

Manchmol sohß ming Oma vür'm Fernseher, un et Bild wor vill ze duster oder dä Kontrass wor vill ze huh. Wor die oder minge Ühm villeich ens irjendswie dran jekumme.

Dieter

Wenn de dann sahts, do stemp jet nit me'm Bild, saht die emmer: "Dat senn Die". Sullt heeße, dat *lööch* am Sender. Ejnzich minge Ühm hätt'se dann dran drieje loße. Dä hät dovür och nit lang met der erömdiskutiert.

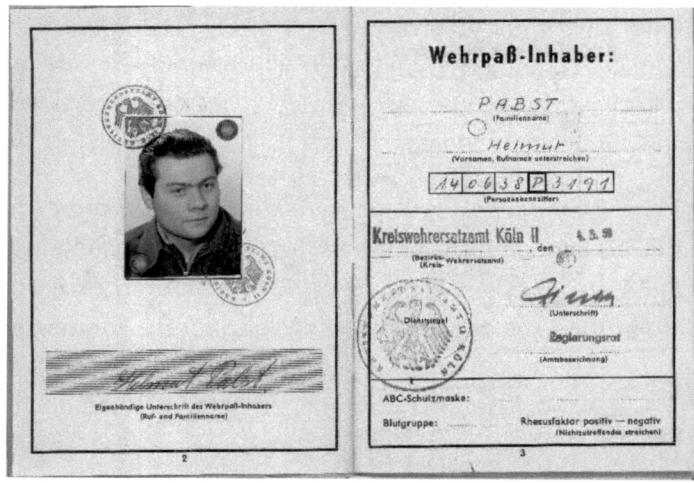

Am Bund es hä vorbej jekumme. Se han'en nit jehollt, hä wor nur TG 3.

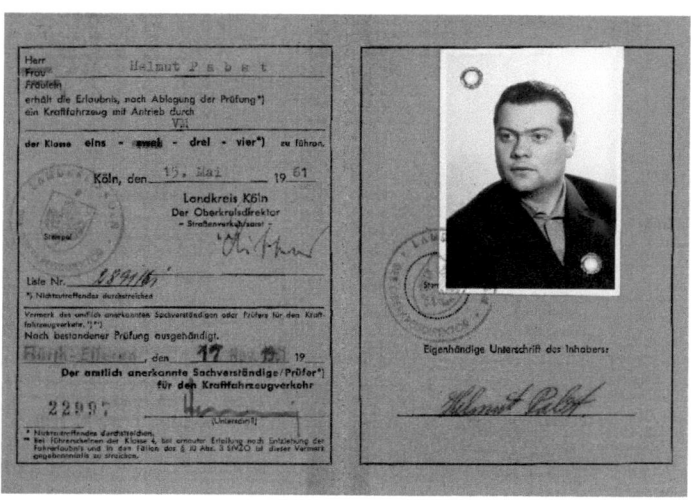

Singe „Lappe". Sujar für Motorrad un Auto. Jefahre es hä ävver nur ens e Moped.

Dä Dieter hät dann flöck Arbejd em Dörp jefunge, bej ner klejne Maschinebaufirma. Späder kunnt hä bejm Siemens ahnfange un hät do ne bessere Poste kräje, moht dovür ävver noh München ömtrecke. Do hatt hä dann ejn vun do unge jehierot, un mer han nit mieh vill vun däm jehoot.

Ich jläuv, minge Ühm wor am Engk e betzje falsch met däm. In dä Zick hatt dä ald die Jarasche am Huus jebaut und ä Hoff neu jelaat. Un wie dat met dä Jarasche ahnstund, hatt dä Dieter krank jefiert. Jezänk jov et deswäje nit, ävver minge Ühm hät secher jedaach, dä Dieter hät'em dobej helfe künne.

Jehulfe hät'em dann ne Kollesch vum Bau, dä Carlo. Dat wor ne Sizilianer un für mich de eezte Usländer, dä ich kenne jeliehrt hat. Wor ne nette Typ, un esu hatt ich fröh jeliehrt, dat mer och met fremde Lück uskumme kann.

Ming Oma wor also nit de Schlaueste, vür allem, wenn et öm et technische jing, un dä Helmut wor für die dann et Genie und dä Alleskünner. Wenn ich ens jet jemaat han, ejal wat et wor, kohm die off dozo met dem Sproch, en ihrem rheinhessische Jargong, „Loss dat doch de Helmut mache". Un dä hätt sich dann met d'r Zick och für ne Mr. Superschlau jehalde, wullt alles besser wesse un hät ov üvver andere *herjetrocke*. Esu vill wie hä vun sich jemejnt hatt, hät dä ävver och nit *drop jehatt*.

Dat kann jo vun Vorteil sin, sulang mer dofür de *Kurasch* hät, sich an jet dran ze jevve. Ne Schlaue üverlät ald ens hin un her un fängk dann doch nix ahn, weil hä sich nit traut. Do wor

De wieße Mürerklamotte, jet ze baue un en Fläsch Bier dobej, dann wor hä in singer Welt.

18.12.1959, als Trauzeuje bej d'r Huhzick vun minge Eldere. Dä andere wor minge Opa Poldi (Leopold), dä Pap vun mingem Pap. Un ich wor em *Buch* vun minger Mamm och ald dobej.

minge Ühm anders drop. Dä hät ejnfach lossjelaat, un wenn et nit direk jeklapp hatt, hät hä ens koot *erömjeschannt* un dann jet anderes probeet, bes et irjendwie *jeflupp* es.

Ävver wenn ens ne andere jet nit jewoss hatt, oder jet verkiert jemaat hät, hätt dä dich direk für blöd erklärt. Als ov hä selvs alles vun de Wieje ahn jewoss hät.

Do wejß ich noch, wie ich Panz wor, kohm irjendwie die Red üvver Autokennzeiche. Un ich hatt jrad e Auto met „M" en d'r Stroß jesinn un han jadaach, dat wör vun Mainz. Weil vun do jo domols de ejnziste Karnevalssitzung em Fernseher leef. Do hatt hä mich dann beliehrt, dat dat us München wör, ävver en nem Ton, dat mer sich wie'n Doof Noss vürkohm.

Un wenn däm ens jet nit jepass hät oder jet verkeet jeloufe es, fingk dä direk ze brölle ahn. Dat broot noch nit ens jet richtisch dramatisches ze sinn. Do wullt hä ens de Flur neu striche un ich sullt de Färv dovür besorje. Domols hatte'mer noch e klejn Geschäff em Dörp met Färv un Tapezierkrom, do ben ich dann hen. Un han ävver et verkierte jehollt. Do wor et dann ald widder su wick. „NUR MET IDIOTE HÄTT MER'T HE ZE DUNN, NUR MET IDIOTE!!!" Die *Nohbere* we're dat met jehürt han, esu hätt dä römjebröllt.

Ich wor dann direk zoröck en dat Lädche un han die Färv anstandslos *ömjeduusch* kräje, mer kannt sich jo, dat wor üvverhaup kej Problem.

21.10.1960, als Pate bej minger Täuf. Met dobej: Oma Sophie, Opa Poldi, ming Mamm, Oma Marie un Tant Ingrid, en Schwester vun mingem Pap, als Patin.

Donoh wood noch jefiert: v. r. met Ingrid, ihrem Mann Klaus un mingem Onkel Hans, dä Broder vun mingem Pap. Hans un Ingrid wore Zwillinge.

Mer künnt et jo met d'r Angs krije, wenn su ne Brocke vun nem Kääl ahnfängk eröm ze brölle. Op jede Fall kütt mer sich eez ens wie de letzte Doof vür. Ävver dä wor jo op'm Bau, un zomindstens domols wor dat do de normale Ömjangston. Noh 10 Minutte wor dat widder verjesse, un die Aat hät dä dann och zo Hus nit avlelaat. Ejentlich hatt dat janit esu vill ze bedügge. Un wie ich metkraht, wie blöd dä sich selvs bej andere Jelejenheite ahnstelle dät, jov ich do och nix mieh vür.

Wemmer'm richtisch Contra jov, hät hä och klejn bej jejovve. Dat hatt ich ald fröh erus. Ich wor su 7 Johr ald, do wor ich bej nem Schullfrüngk zom Jebootsdaach enjelade. Et wood jet spät, noh aach Uhr ovends, et wor ävver Summer un noch hell. Trotzdem, wie ich hejm kohm, hätt dä widder ahnjefange römzebrölle un es wie ne Jorilla op mich ahnjestürmp. Für mich soh dat en däm Momang us, als wullt dä mich kapott schlare. Do ben ich op'm Avsatz kehrt un avjehaue. Dä es noch jot 200 Meter henger mer her, ävver ich han en avjehängk.

Un dann ben ich dä Ovend irjendwo erömjehange un han nit jewoss, wat ich maache sullt. Irjendwann wood et duster. Dann kohm ich bei de *Schmier* vorbej un ben do eren. Han jesaat, dat ich mich nit mieh no Hus traue däht. Un die Schupos han mich dann em *Striefeware* no Hus jefahre un han mingem Ühm en Verwarnung verpass.

Dat Thema wor dann erledisch. Ich wejß bis hück nit, ov dä tatsächlich vür hatt, mich ze zerschlare. Ävver vun do ahn hät

1967, bej uns em Jaade.

Kittelschööze-Parade: 1969, och em Jaade. Met minger Mamm, Tant Anni us de DDR un Oma Sophie.

hä sich bej mir nix mieh jetraut – un hätt et nur bejm Röm-
brölle beloße.

Noh d'r Volksschull, met 14 Johr, hatt hä en Liehr als *Mürer*
anjefange, bejm Bauwenz. Dat wor ne jroße Unternehmer, die
hatten domols och et Vereinsheim vum FC jebaut, dat wor
mingem Ühm sing eetzte Baustell. Do moht hä dann haupsäch-
lich Zementsäck schlejfe un et Schalungsholz uswäsche, wenn
se widder *en Deck jetrocke* hatte, hätt hä mer späder ens
verzallt. Ävver su konnt ich immerhin saare, ich han ne Ühm,
dä hät bejm Bau vum FC-Heim metjearbeet.

En däm Berof hät hä sich dann jot ahnjestellt, un ald met 18
Johr, ej Johr noh d'r Lier, wor hä bejm Bauwenz ald *Polier*
jewoode. Do es hä vill erömjekumme op Baustelle en Wies-
bade, Düsseldorf un wat wejß ich noch.

Do moss mer bedenke, domols wood mer jo eetz met 21 voll-
jährisch. Dä hätt sich also selvs kej Auto koufe oder ene Meet-
vertraach ungerschrieve künne un hät op d'r Baustell ald de
Lück eröm kommandeet.

Ävver ich nemme ahn, dä wullt leever selvs de *Truffel* schwin-
ge, wie op ander *Lück* oppasse. Su manche ahle Mürer hatt sich
secher och nit jähn vun su nem junge *Fend* erömscheuche loße.
Un minger Oma hät dat och nit jepass, dat dä su vill von zu Hus
fott wor. Jedenfalls hät hä dann *ophehoot* bejm Bauwenz un es
dann emmer nur bej sun klejne *Krauter* in der Nöh arbejde
jejange, widder nur als normale *Mürer*. Do han ich'en off

Es dat jet ze laache - ?

Wat dä unger Humor verstund, do kunnt süns mietstens kejne andere drüvver laache.

Wie ich klejn wor, un et jov ens jet extra op d'r *Desch*, wie ne *Kooche* oder sujet, hatt dä emmer Spaß, mich ze provoziere. Hätt dann emmer zo mir jesaat: „Du kriss nix." Un hätt sich dann kapott jelaach, wenn ich mich dodröver opräjen daht.

Un sujet hät hä fröher als Wetz verzallt:

Ne *Mürer* setz en d'r Weetschaff und säht zum *Köbes*: „Mer han hück ne neue *Lierjung* kräje." – „Jo?" – „Ija. Ich han en direk *zerschlare*." – „Woröm dat dann?" – „Ich wullt dem Jung en Freud maache."

Wat dodran komisch sinn soll, wejß ich bis hück nit. Süns wohl och kejner. Weil, usser'em selvs han ich dodröver noch kejne laache jehürt. Wat'en nit dovun avheelt, dä Dress immer un immer widder ze verzälle. Als ob et dovun besser wöd.

Noch esu ne Dauerbrenner: Manchmol hätt hä mich anjeluurt, mem Kopp jeschöddelt un jesaat: „Du bes ne Jung, du...", un ich woss dann ald, wat kohm: „Du bess ne Jung wie Austrina, dat es och kejne Jung." Un hatt dann blöd jelaach, widder als ejnziste. Kejn Ahnung, wat oder wä hä domet jemeint hätt. Erklärt hät hä dat nie, un donoh ze frore, han ich mich anfangs nit jetraut, un späder wor et mir och ze blöd.

schänge un lamenteere jehüürt, weil die nit su jod bezahlt han un'em anjeblich och ald ens jet öm e Dejl vum Lohn jeprellt hatte. Un wenn et em zovill wood, es hä dann zom nächste *Krauter* jewähßelt un dat Spell jing vun vürre loss.

Wie dä sich domols dobej ahnjestellt hatt, dat künnt mer sich *hück* nit mieh vürstelle. Do wor ens ejne Unternehmer, dä Puhl, bej dem hätt hä 5 Johr jearbejt. Un wie hä dann ens Krach met dem *Polier* kraht un do kejn Loss mieh hatt, hätt dä jarnit jekündisch, noch nit ens mündlisch, un schriftlich ald jarnit. Dä es ejnfach nit mieh henjejange un hätt bej nem andere ahnjefange. Wie dann en Woch späder dä Puhl selver bei uns zo Hus vorbej kohm un frore wullt, wat loss wör un wann'er widder noh de Arbejd köhm, säht dä für dä ejnfach: „Janit, ich ben jetz bej dem Deets." Dat wor singe neue Chef. Öm dä Papierkrom hät cä sich nit jestüürt, dat mohten andere rejele.

Ich ben dä als Panz dann och ens op d'r Arbejd besöke jejange, wenn'er op ner Baustell en der Nöh jearbeid hatt. Do ben ich dann met däm un singer Kolläje en d'r Baubud jesesse un ha'mer en dä Rohbaute ahnjeluurt, wat die do maache. Kürnt mer sich hück och nit mieh erlaube.

De Fläsch Bier hatt domols jo jenausu zo d'r Ärbejd jehoot wie de *Truffel* un d'r Zollstock, su es dä och an et Suffe jekumme. Dä hätt ävver opjepass, dat ich als Panz nit och ens vun däm Bier probiere. Ich hatt'en och nur ejmol ens jefrooch. „Do vid mer domm vun", hät hä jemeint. „Un wie lang drinks du dat

Jet besser, ävver emmer noch deftisch, vum Bau halt, wor dä: Em Kloster es jet Esse üvverisch, un en Nonn weed ahn die Baustell öm de Eck jescheck, öm ze hüre, ov dat ejner vun dänne han wüllt. Ävver ald *vun wiggem* hürt die, wat op'm Bau für ne rauhe Ton üblich es, un doröm frööch se de ierzte Handlanger, dä se ahntriff, zoeez ens: „Kennen Sie Jesus?" – „Enä", säht dä, „ich frooch ens de *Polier."* Un rööf et *Jerüss* huh: „Ej, *Schäng,* kennste Jesus?" Vun ovve eraf rööf dä Polier: „Nä, woröm, wat es met däm?" – „Sing Ahl stejt he unge un well'em et Esse bränge!"

Dat *Rigge* moss hä ens irjendwann em Urlaub probeet han, wann un wo jenau han ich nit mieh erus kräje. Et es wohl bej ejnem Versöök jeblevve.

ald?", han ich do wesse wulle. Do woss hä nix mieh drop ze sare. Dat eezte Bier, wat ich dann Johre späder ens jedrunke han, hätt mer dann suwiesu nit jeschmeck, dat kennt mer jo.

Em Winter hatt mer op'm Bau domols och nit vill verdeent. Do wood et jo noch richtisch kalt un dann kunzte kejne *Spieß* ahn- rühre, dä wör jo enjefrore. Su mohten die dann ze Hus blieve un krahten nur e betzje Schlächwedderjeld vum Arbejtsamp.

Ahnfangs 1971 wor ens en schlächte Zick em Baujewerbe, do wor hä dat satt un hät bej de Degussa en Kalschüre ahnjefange, nit mieh als *Mürer*, sondern bej d'r Filterwärterkolonn. Die han do Ruß fabrezeert, als Färv för Autoreife un Druckerschwätz för d'r Zejdung. Deshalv wood die Fabrik en d'r Jäjend och einfach nur „die Schwätz" jenannt. Do es hä dann bei jeblevve, bis se `n en d'r Vürruhestand jescheck han.

Met nem Kollesch op d'r Schwätz. Wäje däm Beld hätt ich beinah Ärjer kräje, wäje Werksspionage. Für dä ahle Krohm, dä do erömstundt…!

Is dat all noch so wie de Kaal noch do war?

Doheim hatt minge Ühm jo jähn üvver alles Möchliche erömjeschannt un vill üvver emmer dä selve Keu lamenteet. Ävver bej d'r Verwandschaff un vür andere nie direk et Muul opjemaat, jenau wie sing Mamm, wenn dann emmer nur hingerher un nie ejnem direk en et Jeseech de Meinung jesaat. Ävver sich dann jähn johrelang drüvver opjeräch.

Ming Oma hatt en Schwester en Magdeburg, et Tant Anni, un su bal et jing, kohm die jedes Johr e paar Daach ze Besök. Späder wor dann och ihre Tuppes, dä Toni, met dobei. Un die han sich dann vun minger Oma bedeene loße un koum jet en d'r Köch met jehulfe. Wie ming Oma älder wood, wor dä dat eijentlich zevill jewoode, die hätt ävver nie jet jesaat un sich wigger avjemöht. Un minge Ühm hät och nit de Schnüss opjemaat. Nur emmer wenn die widder fott wore, han se sich övver die et Muul zerresse. Un et Johr drop jingk dat Spell vun vürre loss.

Vür allem ävver, wammer sing Ärbeid nit aanerkenne dät, jov et su Spell hingerher.

Do es ens Anfangs de 1970er en Schwester vun singem Pap ze Besök jekumme. Nit allein, ihr Dochter un de Schwejersonn woren met dobej. Ja un die Tant wor anscheinend ald e betzje verdötsch, die wor jo och domols ald üvver 70 Johr alt. Wie se die met ihrem Anhang dann e betzje durch Hus un Hoff jeführt han, hätt die donoh en ehrem rheinhessische Singsang

Ävver et müre kunnt hä doch nit sinn loße. Hät jo och fröh a d am Huus vill jemaat. 2 Jarasche jebaut (obwohl hä nie e Auto hatt, nur ens en Zick lang e Moped), us däm ahle Höhnerstall e zweit Badezemmer jemaat, dä Dachstohl usjebaut, un de Wäschköch ömjebaut (do stund fröher noch su en richtisch jruße Betongbütt dren, en der de Oma de Wäsch jekoch un met nem riesije Holzlöffel ömjerührt hät). Wie mer dann vun *Klütte* op Naachspeicherheizung ömjestallt han, hätt hä noch 2 vun dä ahle Kamine *rusjeklopp*. De Kanalrühre em Keller hät hä och selvs jelaat un wor dobej och su *jewetz*, en Rückstauklapp enzebaue. Dat hatte einije vun de Nohbere en d'r Stroß domols nit für nüdisch jehalde, ävver bejm nächste Huhwasser hatte se de Bröh em Keller stonn, weil dat jo dann vum Kanal en de Keller erenjedröck weed. Do hatte'mer lang kin Sorch met.

Ävver bal jedes Johr hatte mer Krach un Dreck en d'r Bud, minger Oma es et manchmol ze vill jewoode. Do hät dä sich ävver nit dran jestüürt. Un dä Dreck fott ze maache och nit. Für mich als Panz wor dat intressant, ich hatt och Spaß, däm dobej jet ze helfe. Su kraht ich och ens en Tafel Schoklad oder sujet.

Nevvenbej hät hä och jähn jet en d'r Nohbaschaff *jefrößelt*, do jet usjebessert, do ens e Müürche vun nem Vüürjaade jemaat, un bej uns noh un noh dä *Jaade* am Huus komplett enjemuurt. Sujar an dä Stell, wo dä Nohber ne Anbau üvver de Jrenz jebaut hatt, hätt dä noch en Muur dojäje jesetz un dat domeet och noch ens manifesteet. Dann noch ne Jaaderoum an die Jarasche dranjebaut, an dä Jaaderoum noch en halve Muur als

jefrooch: „Un is dat all noch so, wie de Kaal noch do war?" Also jemeent wor, ov dat Huus noch en dem Zostand wör, wie zo dä Zick, wie singe Pap (Karl) jestorve es. Dat wor jo domols ald esu 18-20 Johr lang her.

Dat wor für minge Ühm et selve, wie wenn de'm Elvis op die Schoh jetrodde hätts.* Dä hatt jo zo dä Zick ald einijes neu jemaat un ahnjebaut un wullt dat dat och öhntlich jewürdisch weed. Un obwohl die Dochter un ihre Tuppes dat dann och direk richtisch jestellt un jesaat hatte: „Nein, Mama, die Garagen sind neu, und der Hof ist auch neu gemacht", kunnt dä sich noch 10 Johr späder dodrüvver opräje.

Dobej hät hä jo och merke müsse, dat dat nur Schwaderej vun ner Verdötsche wor. Die muss domols noch esu ne Sproch jemaat han. Wie se an dä Blomekäste em Hoff vorbej jingke, hät se jefooch: „Senn die noch vom Jubiläum?" Domet wor dat 25-jöhrije Jubiläum vun singem Pap jemeent, dä wor en Knapsack op d'r Hoechst AG un hatt dat do 1948 noch jefiert. Dodran kunnt mer jo sinn, dat die jar kej Zeitjeföhl mieh hat un mer dat alles nit Ähnz nemme kunnt. Ävver trotzdem hät dä sich do emmer widder erenjesteijert. Hät dann sujar römschwadroneert, dat dät die nur sare, weil se bejm Dud vun singer Mamm och jet met erve

---

*In däm Leed „My blue suede shoes" besingk dä Elvis Presley, wat hä sich alles iher jefalle löht, wie sich op sing blaue Schoh us Wildledder tredde ze loße. Unger anderem dat mer'em et Auto kläut oder et Huus avfackelt.

Windschutz, Plaate dröm eröm verlaat, dann noch en Bredderbud em Jaade opjestallt un usjebaut, un ich hat domols manchmol jedaach, wenn dat su wiggerjeht, hät dä bal d'r janze Jaade zojebaut un et bliev kei Stöckche Jrön mieh üvverisch.

Wenn ich met däm ens irjendwo hinjefahre ben, hatt hä mer *ungerwähß* all die Hüser jezeich, wo hä met dran jearbejt hatt. Un wat hä dodran jemaat hät, Kaminköpp, Vürbaute un Erker met Jlasbaustejn, dat wor ens en Zicklang modern, Verandas un Balköng, un wie et en dä Hüser drenne *opjedejlt* wor, kunnt hä och noch sare. Un wehe, et wood ens jet *avjeresse*, wo hä met dran wor. Dat jingk'em an et Hätz.

Su hatt hä et leevs emmer sing Arbejd un wullt süns nur sing Rouh han. Met Sport oder nur ens Spaziere jon oder e Tüürche me'm Rad kunnzte dem nit kumme. Dä hatt och nie Loss, ens met mir jet ze spelle, wie ich klejn wor. Wenn et nix de dun jov, hät hä vür'm Fernseher jesesse un si Bier jedrunke.

Meadachsdesch bej mingem Ühm un minger Oma, dat wor e Schauspill, do wor dä Loriot als Ödipussy janix jäje.

Sundachsmeddachs kunnt ich bej denne jo ald ens met an d'r *Desch*, wenn ming Mamm met ihrem jeweilije Tuppes en Urlaub wor oder späder, nohdäm se met däm neue Mann usjetrocke wor. De Oma hatt dann jekoch, dat wor och emmer jot, un et Esse leev dann esu av:

Minge Ühm setz sich op de Eckbank an de *Desch*, un de Oma

wullt, un datselve och de janze andere Verwandschaff ungerstellt. Wat ene Blödsinn! Do wören jo hä un ming Mamm vürher dran, un de Oma hatt jo längs e Testament bejm Notar jemaat. Un wenn hä wirklich Angs vür sujet jehat hätt, dann hätt hä sich jo do ens informiere künne. Ävver lever wood met sun Verdächtijunge emmer widder üvver de Verwandschaff jeschannt. Natürlich nur, wenn kejner dovun jet metkraht.

Wie ich jemerk hatt, dat mer dä domet su schön op de Palm bringe kunnt, han ich späder ahnjefange, dä domet opzetrecke. Un am Engk hät hä dann selvs drövver jelaach. Ävver ich jläuv, dat wor nur, weil die Ahle us d'r Verwandschaff do ald all vür minger Oma jestorve wore.

Minge Pap

Üvver minge *Pap* hatte minge Ühm un ming Oma och nie e jood Hoor jelosse. Vun klejn ahn kraht ich vun dänne nur schlächtes üvver dä ze hüre. Dä es och ens jähn ejne drinke jewäße, vür allem Fridaachs, wenn et domols de Wocheluhn jov. Deswäje es dat met minger Mamm wohl och usenander jejange. Do wor ich 4 Johr ald. Am Engk hatt ich och ens metkräje, wie dä minger Mamm e paar jescheuert hätt.

Un wenn ich als Panz ens jet usjefresse hatt, dann kraht ich vun minger Oma su jet ze hüre in dä Art wie: „De taugt nix, de Vatter hett jo aach nix

pack'em de Teller voll, *ohne ze frore* wat un wievell hä han wullt. Dat hät hä dann jejesse, un emmer su schnell, als hätt hä Angs, et dät em ejner widder fott nemme. Ich hatt mer derweil selvs jenumme un jrad de Hälfte fott, wie dä ald fähdisch wood.

Un noch wie dä an d'r letzte *Javvel* am käue wor, es ming Oma opjestande, hätt ihr Esse stonn losse un hät em widder neu drop jeschäpp, ohne dä ze frore. Un dä hatt dat emmer met sich maache loße. Bej mir hatt die dat natürlich och probeet. Ävver ich han dat emmer avjewehrt un irjendwann hätt se't dann och dranjejovve.

Wann ich fähdisch wor, saht die nie „Biste satt?", nur „Maachste nix meh'?". Mem Esse nit mieh wie nüdisch ze nemme, kunnt die nie verstonn. Un sich enschränke kohm höchstens ens cann en Frooch, wammer mindstens ald 20 Kilo zovill op de Reppe hatt.

Dobei wor die selvs emmer e schmal Hemp. Ävver wammer 2 *Kreje* durchjemaht hät wie die, dann kritt mer dat wohl nit mieh us em Kopp erus. Ja un deswäje un weil minge Ühm jo ovends och emmer su 2 Fläsche Bier jeköpp hätt, kraht dä ald fröh ne decke Buch un wood dä nit mieh loss.

Met *dozo* leev dann emmer et Radio, op WDR 4. Aviva Cemadar (oder su ähnlich) mit „Folklorä rund um die Wält". Dat wor manchmol janit su schlääch, winnistens nit dä Schlarerdress, dä do süns leev. Ävver die Radiotant wor jet

getaugt". Un minge Ühm hät emmer jelästert, dat minge Pap nix künnt un nur Murks maachen dät.

Wie minge Pap dann jestorve es, do wor ich 17. Die letzte Johre vürher han ich ald nit mieh vill vun`em jehürt, dä hät jo met singer zweite Frau un mingem Halvbroder en Celle jewonnt, 400 km wick fott, un usserdem wor hä vill em Ausland op Montasch. („Montasch? Dä setz bestemp *en d'r Blech*, wie ich dä kenne", hatt minge Ühm domols jemeint.) Dä wor ävver wirklich op Montasch un hät dobei jot verdeent, en Celle hatten se jrad e Huus jebaut, un dann es hä em Irak an nem Arbejdsunfall jestorve. Dat wor 1978, noch bevür dat dä Saddam do et Saare kräht.

Ich ben dann met minge Jroßeldere (die Eldere vun mingem Pap, versteht sich) zesamme no Celle op die Beerdijung jefahre, ohne mingem Ühm un singer Mamm jet ze verzälle. Irjendwann han se ävver och eruskräje, dat dä dud wor. Un wore dann beleidisch, weil ich inne nix jesaat hatt.

Do han ich mich met mingem Ühm jet drüvver jezänk, un dobei hätt dä sich widder opjeräch. Am Engk hatt hä noch jemeint: „Su wie ich dä kenne, wor dä bestemp besoffe, wie dat passiert wor!" Dat saht jrad dä, wo hä selvs ald besoffe em Kanal jeläje hät. Un erräch sich dann, weil ich'em vun mingem Pap nix jesaat han.

komisch. Hatt emmer die selve Sprüch drop. Et kohm mir vüür, als ov die irjendwann e Band met der opjenumme hätte, dat se dann jeden Sundaach avjespellt han.

Vum Johrjang her es minge Ühm jo ejentlich met Elvis un Bill Haley un dä Köpp jruß jewoode. Ävver dä hät leever Heino un Freddy un sujet jehoot, un samstachs Ovends wood de Blaue Bock jeluurt.

Wenn ens jet englisches oder süns jet fremdes leev, woren dä un ming Oma sich emmer am mokiere, mer künnt jo nix dovun verstonn. Ejnes Daachs han ich ens opjepass un wie jet op deutsch leev, han ich se donoh jefroch, wie se dat dann finge, wat dä do jrad jesunge hatt. Do woßten se janix, weil die hatte janit zojehürt. Noch besser wor wie ens dä Westernhagen jespillt wood, un donoh fing ming Oma ald widder dat Jeme- cker üvver dat ausländische Zeuch ahn, un dat mer nix dovun verstünd. Wie ich saht, Oma, dä hät doch jetz deutsch jesunge, wat beschwerste dich, hätt se blöd jeluurt un wullt dat janit jläuve. Für die wor Rockmusik englisch, un wie do ejner deutsch drop singe dät, hatt die dat janit jemerk, esu wor die ald dojäje enjestallt.

Zohus hatt hä nur sing Ärbeid em Kopp un süns kejn Loss für jet, ävver wenn hä Urlaub hatt, es hä met 2 Fründe et leevs en de Berje jefahre un do eröm jekraxelt. De Jroßjlockner es hä rop, et Zuckerhöötche (dat en Österreich, nit dat en Rio) un durch de Dolomite un et Stubbai un wat wejß ich noch. Es jo

Lego

E betzje Lego zom spelle hatt ich jo ald vun fröh ahn.
Ävver die *Iesebahn* vun Lego kraht ich noh un noh vun
mingem Ühm. Do hatt ich och vill Spaß met. Dat fing met
nem Waggong ahn un op Weihnachte jov et dann eez de
Lok dozo. Un dann de Jleise un immer wigger.

Dat zooch sich üvver Johre hen un wor jo och praktisch
für dä, su woss hä immer, wat hä mir schenke kunnt.
Vun minger Mamm oder andere kraht ich dozo nix, do
wor dä allejn für zoständisch. Wenn ich e betzje Jeld
hatt, han ich mer dann och ens selvs jet dovür jekouf.

kejne Urlaub für ne Fulenzer. Dovun hätt hä dann emmer jähn verzällt.

Ävver süns wor dann widder nur Fernsehn un Bier ahnjesaat, op'm Bau av un zo e *Richfess*, oder ens met d'r Kolleje en d'r Weetschaff. Sujet wie en Kletterhall jov et domols nit, un dat wör für dä och nix jewäse.

Un wäjem Suffe wor hä zweimol beinah *drop jejange*. 1969 wood bej uns em janze Dörp de Kanal neu jemaat und doröm wor en Zick lang de Stroß opjeresse. Un op Karnevalssundach, wo bej uns en Effere d'r Zoch jeit, wor hä en d'r Weetschaff un es naaks op'm Wääch noh Hus volljesoffe en dat Loch vun d'r Baustell jefalle. 6 Meter deef. Schädelbruch, Jeheenerschütterung, Scholder kapott un einijes mieh. Un hatt noch Jlöck, dat se'n morjens drop üvverhaup jefunge han. Weil do wor jo Rusemondaach, do wood och nit jearbeid.

Dat wejß ich noch, do hatt ming Oma mir am Morje noch jesaat, ich sullt kinne Krach maache, weil dä Helmut noch em Bett lööch. Weil süns han ich jo op Fastelovend met de Nohberspänz Cowboy un Indianer jespellt un römjeballert. Un dann stund koot vür Meddach de *Schmier* an de Dür un hatt Besched jesaht. Die hatt bes dohin janit jemerk, dat dä nit hejm jekumme wor.

Dann hatt' hä övver e halv Johr krank jefiert, un em Nohinein han ich dat Jeföhl, vun domols ahn wor hä nie mieh janz richtisch em Kopp. Dat hätt mer ävver nit direk esu jemerk.

Met singem Früngk Horst en de Berje, 1966

En d'r Reha es hä winnistens för en Zick lang ens op andere Jedanke jekumme wie Arbeid un Suffe. Zoeez han se'n do en de Järtnerei erenjebraht un do hatt hä och Spaß dran kräje. Hät sich dann noh un noh en janze Batterie Kaktee anjeschaff un hätt die och jepflech. Un dann hät hä do et Schnitze anjefange un hät jede Menge *Vüjel* un Jeseechter jemaht, och noch johrelang späder zo Hus. Un dat kunnt hä och jot. Ävver irjendwann hatt'mer jenooch vun däm Zeuch erömstonn. Un wie hä späder anfingk, sich de Keller met *Pröll* zozostelle, bes mer sich dodren nit mieh rühre kunnt, wor et janz vorbej domet.

Nur ejn Saach jov et, met der hä mer donoh noch lang jet op de Nerve jing. Weil hä jo de Scholder kapott hatt, kraht hä jo Physio un moht do sun Übunge maache, dat dä Ärm widder Kraft kräht un in Bewejung kohm. Un e betzje jet dovun hatt dä dann noch 30 Johr lang bej behale. Ovends looch hä dann op d'r Couch vür'm Frenseher, et Bier op'm Desch, un hät dann emmer ens jet me'm linke Ärm erömjefuchtelt, dat nannt hä dann Jymnastik. Wenn de dann met dobej jesesse un Fernseh jeluurt häs, un anduernd häste dä em Ourewenkel, wie hä me'm Ärm erömfuchtelt, do ka' mer *randösisch* vun weede.

10 Johr späder es hä *naaks* op `m Heimwäch vun nem Betriebsfess en d'r Degussa op em Fahrrad vun nem Auto ahnjefahre woode. Widder Jeheenerschütterung, dozo et Bejn jebroche. Ald widder e halv Johr krank. De Schmier hät em Bloot avjezapp, un dobei komen 1,76 Promill erus. Do es eijentlich

(wigger jeht et op Sick 53)

37

1973, öm Ostere em Jaade. Do hatte de Kirschbööm jeblöht, die mer domols noch hatte. En dänne ben ich jed Johr erömjehangelt, subal et Obs rejf wor.

1973 hatt ming Mamm ens ne Wellensittich jekouv un dä och zom Spreche jebraat. Minge Ühm hatt och Spaß met su nem Dier, ävver selvs kejn Jeduld, sich mieh met sujet avzejevve.

1974, en Jebootsdachstafel.

En dä Zick hatt hä sich en jebruchte Betongmaschin besorch, weil hä jo vill em Jaade jebaut hatt. Die stund dann ävver emmer drusse röm, weil hä en de Jarasch vor *luter Brassel* kejne Platz hatt. Hä hatt se zwar avjedeck, irjendwann wor se ävver doch verross.

Em Fröhjohr 1975 hatt hä dann de letzte Sick vum Jaade zojemuurt. Dä Willi, dä Neue vun minger Mamm, hatt'em dobej jehulfe. Ich nit mieh.

Ich fungk dat ald domols bestuss, do en Muur henzesetze. Weil met dä Nohbere zo dä Sick simmer emmer usjekumme, un sich do esu avzejrenze, un nit ens mieh durch de Zaun e Wöödche ze wäßele, fungk ich nit jot.

01.08.1975, widder Trauzeuje bej minger Mamm. Un dä andere wor och widder dä Pap vum Bräutijam, Matthias hatt dä jehejße.

Die *Jarasch*

Wie ich 18 wood, wullt ich jo och de Führersching maache un e Auto koufe, wie dat domols so üblich wor. Minge Ühm hatt sich och met jefreut un jedaach, domet künnt ich'em dann och ens et Bier holle un av un zo ens Taxi für`en spelle. Han ich dann jo och ald ens jemaat. Un wie dat me'm Auto also ahnstunt, hät hä mir versproche, dat ich och ejn vun singer *Jarasche* han künnt.

Jetz wor dat su: die ejn Jarasch hat hä domols ald met Jerempels voll jestopp jehatt, un die andere wor vermeet. Dä Meeder, Albäht dät dä hejße, wor do ald üvver 10 Johr drin. Dä hatt ene Ford Taunus 17 M, e schön Auto wor dat. Wieß und *drenne* met *rudem* Ledder. Un dä hät dat Auto och schön en Schoss jehalde. Als *Panz* hat ich bej dem ald em Auto jesesse, wie dä em Hoff dodran am wienere wor, un manchmol bin ich och ens e Ründche metjefahre. Av un zo hatt minge Ühm met däm och ens e Bierche jedrunke.

Die Meet hatt dä emmer em Januar für et janze Johr *em vürus* bezahlt, dat mäht jo och süns kejner.

Dat Jerempels us dä ejn Jarasch usrühme, dat kohm für minge Ühm natürlich nit in Frooch. Also moot dä Albäht erus. Dat hät mer jo schon e betzje Leid jedonn. Ävver wenn minge Ühm dat su han wullt, han ich och nix dojäje jesaat.

Su kohm dann de Januar 1979, do *hurt* ich wie et em

Wonnzemmer vun minger Oma un mingem Ühm Krach jov. Do wor dä Albäht jekumme un wullt widder für e Johr die Meet bezahle, un krad vun mingem Ühm dann jesaat, dat hä jetz erus möht. Do hatt dä dem vürher jar nit jekündisch! Dä hatt ejnfach jewaat, bes dä widder bezahle kohm, un wullt 'en dann vun hück op morje op die Stroß setze. Wie et dann Zänkerej jov, hät sich ming Oma och noch enjemisch un ihrem Jüngche beijestande, un su hatten die sich alle drej metenander jezänk.

Dat maht dä nit, weil dä met dem Albäht fies wor oder dä extra ärjere wullt. Dä wor ejnfach zo blöd, övver su jet üvverhaup ens vürher nohzedenke. Un kunnt dann och nit bejriefe, dat dä Albäht sich dat nit jefalle losse wullt.

Ich mejn, och wammer kejn Ahnung vun Verträje un Jeschäfte hätt, esu jeit mer doch nit met de *Lück* öm. Un dann met ejnem, dä zick övver 10 Johr emmer die Meet bezahlt hätt, un nie Ärjer jemaat hatt. Wenn dä kohm, hät dä och die Jarascheporz emmer janz vürsichtich un leis opjemaat, dat nur jo kejne em Huus jestürt werde sullt.

Also, ich han mich richtisch *jeschamp* für dä Doof. Un späder han ich mich och övver mich selvs jeärjert, dat ich domols nit dozwesche jejange ben. Do hätt mer jo saare künne, drej Mond kannste noch blieve, sulang kann ming Kess noch em Hoff stonn, un do kanns der en Rouh jet anderes söke. Oder dat ich mich nit winnistens bej dem ens jemeld un jesaat han, dat dat nit op mingem Mess jewaße wor. Ävver für sujet wor ich domols halt och noch zo Jrön.

Dä Albäht es an dem Ovend dann *wödisch* avjerausch un hatt die Jarasch dann tatsächlich bal drop frei jemaat, ohne dat mir uns noch ens över d'r Wäch jeloufe sen. Dä han ich dann och nie mieh jesinn.

1977 hatt minge Ühm me'm Albäht noch Bröderschaff jedrunke, un nit janz 2 Johr späder schmieß hä'n us de Jarasch erus.

Dat Meetshuus

Dä hät jo janz jot verdeent un nit vill Jeld usjejovve, nur für et Suffe un fröher noch für ejmol em Johr en de Berje ze fahre. Meet broht hä jo och kejn ze bezahle. Su hat hä emmer jot jespart un wie sich ens die Jelejenheit erjov, hat dä su öm 1974 em Dörp e Hüsje als Wertanlare jekouf.

Dat wor e ahl Einfamillijehuus, do jov et och einijes ze brassele drahn, ävver dat wor für dä jo jenau et richtije. Un et wor en jode Lare un hat ne jruße Jaade met dran, wor also ne jode Deal.

Wie hä `t parat jemaat hatt, wood et dann vermeet un su kohm jo widder Jeld eren. Dä eetzte Meeder wor ne Broder vun dem Albäht, dä bej uns em Hoff och ald lang en Jarasch jemeet hatt. Dä es dann noh drei oder vier Johr erus in e Eijenheim un hatt mingem Ühm ne Kollesch als Nohmeeder vürjeschlare. Dat wor ne Jugoslawe, met Frau un fönef Pänz. Minge Ühm hät dä dann och jenumme un en Zicklang jing dat och jot.

Späder hatt sich ävver rusjestellt, dat dä nix jedouch hät. Eetz hät hä singe Job jeschmesse un is nur noch schwatz ärbeide jejange. Un irjendwann hät hä ejnfach kin Meet mieh bezahlt. Un üvverhaup es dat janze Areal och ärch runderjekumme bej dem, do woren dem sing Pänz dann och dran beteilisch.

Minge Ühm hät et dann eez ens em Jode versöök un is bei dä hin. Un wood do met Slibowitz enjelullt un kraht versproche, dat et Jeld bal nohköm. Su hätt hä dann noch 2, 3 Mond jewaat, et kohm ävver nix. Un dann es hä nohm Anwalt un dä hät en Räumungsklare enjereich.

Dat hatt dann natürlich noch ens 6 Mond jeduurt, bes dä dann do rus wor. Un bezahlt hät hä dann eez rääch

1977, Arbejd am ahle Meetshuus. Dat wor Fachwerk, bestemp 150 Johr ald, ävver unger Putz. Nur no'm Jaade rus kunnt mer dat Jebälk noch sin.

nit mieh. Un wie hä `r en dann erus hatt, wor dat *Mott* esu erunderjekumme, dat do kejner mieh dren wunne kunnt. Dat kunzte nur noch avrieße.

Späder han ich jehoot, dat dä Drecksack dat en d'r nächste Wunnung och esu jemaat hatt. Dat wor en nem Huus vun d'r Stadt. Die hatte dann ävver *spetzkräje*, dat ejne vun dä Söhn si Auto üvver dä Ahl loufe hat, wäjen de billijere Versicherung. Un do han die dem Son et Auto jepfändet, un dä moot sich dat zoröck ersteijere. Su hatt die Stadt ihr Jeld eren kräje, ävver noch ens jing dat esu nit mieh.

Dat Auto wor ne Oldtimer, met däm dä emmer nur am Wocheengk e *betzje* durch die Jäjend jekurv es, un süns wahrscheinlich nur dran römjeschruv hät. Dä hatt dä Waare dann ejnfach nit mieh ahnjemeld. Un wenn dä domet ens widder e Türche maache wullt, hät hä sich en *rude Autonummer* jeholt un die Daachs drop direk widder avjejovve.

Dat hät minge Ühm schwer metjenumme, dat dä Jugoslawe sing Jutmütischkejt su usjenötz un dat *Mott* esu kapott jemaat hätt. Dä wor jo fröher emmer ald üvver andere am schänge un lamentiere, die'en *bedresse* hätte oder'em jet avluchse wullte. Donoh es dat dann noch schlemmer jewurde.

Dat wor dann och die Zick, wie hä mich ens jefrooch hätt, ov ich`em de „Deutsche Nationalzejdung" am Büdche holle künnt, wie ich ens enkoufe jing. Jäje Ausländer hatt hä fröher su jenerell nix jehatt, ävver dat hatt sich do ens jeändert. Dat Drecksblättche han ich ävver nit jekouf, domet well ich nix ze dunn han. Un bej'em selvs hätt sich dat anscheinend widder jelaat, hä hätt jedenfalls wigger de SPD jewählt.

Dat Hüsje stund dann övver ej Johr leer. Dann hätt hä et avrieße un jet neues drop baue losse. Dat wor dann jrößer, direk met drei Wunnunge dren. Et wor och met mir usjemaat, dat ich jet dobej dun un methelfe, un dann dät hä et mir späder üvverlosse.

Beim Bau wullt hä natürlich och vill selver maache, domet wor et dann ävver nix. Jrad wie de Keller usjeschacht wor, es hä do erenjefalle un hatt sich et Bejn jebroche. Wie ich dat jehoot han, daacht ich, jo, et sinn jo och ald widder 10 Johr eröm. Dä hatt jo vürher och emmer en dem Abstand ne Unfall jehatt. Ävver ov hä et letz dann och widder besoffe jewäse wor, wejß ich nit.

Jedenfalls looch hä dann widder wochelang em *Spidol* un hatt dohejm wigger erömlaboriert, un ich hatt dä janze Brassel eez ens allejn am Hals. Su han ich mer met 29 Johr ming eetzte jraue Hoor jehollt.

Jetz broote mer natürlich och ejne, dä die Zweschewäng em Huus muure sullt. Dat hatt hä jo eijentlich selver maache wulle.

Em Dörp hatt ene ahle Schullfrüngk vun'em jewonnt, dä Horst, dä wor och Mürer jewode. Die hatten och ens en Zick bejm selve Unternehmer jearbejd, un woren och johrelang em Urlaub zesamme en de Berje jefahre.

Ävver de letzte 10 Johr unjefähr hatt minge Ühm bej dem nix mieh vun sich hüre losse. Jetz wullt hä dä anhaue, ov hä im helfe künnt. Dat moss mer sich ens vüürstelle. 10 Johr hürste nix vun ejnem, dobej wonnste em selve Dörp. Un dann kütt dä ahn un frööch, ov de'm bejm Baue helfe künnts. Sujet verstund dä unger Fründschaff.

Et künnt ävver jot sin, wenn et anders röm jewässe wör, also wenn dä Horst minge Ühm noh 10 Johr dovür jefrooch hätt, dann hätt dä dat sujar jemaat.

Dä Horst hätt dann zwar och jo jesaat, wullt ävver 20 Mark de Stund han. Dat wor mingem Ühm ze *düür*. Do hätt hä sich ne andere jenumme, dä et für 10 Mark maachen dät. Dä wor ävver esu lahmarschisch, dat hä dubbelt su lang für die Arbejd jebruch hatt. Un dä hatt och nit jot jearbejd, e Dejl vun dem moht mer späder widder avrieße un neu maache loße.

Für su klejne Handlangerarbejd hatt hä dann ne Kollesch us d'r Degussa anjeheuert. Dä sullt dann och als Meeder ejn vun dä Wunnunge krije. Ejne Meeder han ich'em dann besorch. Un die drette Wunnung wör och ald vermeet, hät hä emmer jesaat, wenn hä ens jefroch wurd.

Eetz wie dat Huus dann fähdisch wor, kohm hä noch ens bei mich un froot mich, ov ich noch ene Meeder besorje künnt. Do wor ich natürlich perplex. „Wie, ich denk, die häste ald vermeet?" – „Nä", meint hä do, „dat han ich nur jesaat, öm mer die Lück vum Hals ze halde." – „Ja un woröm küste do nit ens jet fröher met ahn?! Meinste, jetz krätste vun hück op morje ejner do ren? Die mösse doch eetz ens ihr ahle Bud kündije un de Ömzoch orjanisiere, dat duurt en Zick! Dann weed ding Wunnung jetz wohl drei Mond leer stonn un du kriss kej Jeld, dat häste jetz dovunn!" Do hät hä nix mieh drop jesaat. Ich han mich dann nit lang met opjehalde. Han ne Makler anjerofe, dä hät dann och flöck en Besichtijung orjanisiert, un noh 2 Mond wor ne Meeder dren. Dä es dann och üvver 20 Johr dren jeblevve. Wor zwar jet komisch un hat emmer vill Brassel em Keller stonn, ävver de Meet hät hä emmer bezahlt.

Dä Kollesch, dä die eetzte Wunnung kräje hatt, es och lang dren jeblevve, bis hä sich jet eijenes ahnjeschaff hatt. Zwischedren jov et met dem ävver och ens Ärjer.

Dä hät nämlich och op ejmol ejnfach ens opjehürt, de Meet ze bezahle. Un do woss minge Ühm üvverhaup nit, wat hä maache sullt. Eetz no 11 Mond kohm hä dann bei mich un hatt mer dat jezejch. Un fing dann widder ahn met Anwalt un Räumungsklare. Dat wor och widder typisch: sich eez janit dran stüüre un waade, ov sich dat vun selvs jit, dann direk de janz jruße Kavallerie opfahre.

„Wenn de dat su mähs, dann duuert et widder 6 Mond, bes de `n erus häs", saht ich. „Ärbejd dä dann emmer noch bej üch op d'r Schwätz?" – „Jajo dat, dä sinn ich doch do jeden Daach." (!) „Dann jommer jetz bej dä un rejele dat selvs. Dem wör et doch bestemp peinlich, wenn dat eruskütt, dat hä dir kin Meet mieh bezahlt."

Ich han dann ne Scholdsching opjesatz, un dann simmer zosamme bej dä jefahre. Do meint dä allen Ähnztes, hä hätt nit jemerk, dat die Meet nit mieh avjebuch woode es. Normal dät ich dann jo sare, hür met dem blöde Verzäll op. Ävver bei dem kunnt dat sujar wirklich möglich jewese sin, d'r Hellste wor dä och nit.

Jedenfalls hät hä dann dä Scholdsching ungerschrivve un mer han dann usjemaat, dat hä vun dem Momang an 12 Mond lang de dubbelte Meet bezahlt, ejne Mond wör dann für de Zinse. Dat hät hä dann esu jemaat, un donoh hät et me'm Bezahle och jeklapp.

Ävver met sujet kohm minge Ühm üvverhaup nit zoräch. Irjendwann hät hä et dann mir üvverlosse, domet alles ze rejele.

Wie ich dann de eetzte Beikosteavrechnung maache wullt, jov et widder Theater. Sujet hatt hä nämlich nie jemaat. Hätt hä jo singer Steuerberaterin jevve künne, ävver och die hatt hä nit jefrooch.

Un bej däm Kollesch, met däm mer dat Spell hatte, stundt em Meetvertrach, dat hä die Beikoste eetz bej d'r Avrechnung bezahle broot. Su hatt dä zick 9 Johr kinne Penning Beikoste bezahlt, dat woren zesamme bestemp öm de 20.000 Mark.

Do han ich mich dann och nit mieh dran jestürt. E Dejl wor jo suwiesu ald verjährt, un usserdem wor et jedesmol e Drama, en dem Durjenander vun mingem Ühm de Rechnunge zesamme ze söke. Ich han dann nur et letzte Johr parat jemaat.

Die andere zwei Meeder hatte en Avschlagszahlung im Vertrach dren stonn un mohten nur e *betzje* nohbezahle, dat wor dann och kej Problem. Ävver dä Kollesch feel natürlich us alle Wolke un verstund eetz ens widder üvverhaup nix.

Die Meet vun dem wor jo suwiesu ald ene Fründschaffsdeenst, 600 Mark für 76 m², met Stellplatz. Dat wor och en de 90jer mieh wie jünstisch bej dä Lare. Un wie do nie en Rechnung für de Beikoste kohm, hatt dä mittlerweile jedaach, die wören do och noch met dren. Ävver dä Zahn han ich em schnell jetrocke. Han em och en Ratenzahlung anjebodde. Do hatt hä dann wohl och ens en de Vertraach jeluurt un hät dann sujar alles op ejnem Rötsch bezahlt. Un donoh hatt hä dann och vun sich us monatlich ne Avschlaach zo de Meet dropbezahlt, domet et nit jedes Johr su ne Schlaach en et Kontor jov.

Su han ich zickdem emmer einijes an Arbejd met dem Mott. Do wor ens de Heizung kapott, dann ens es en nem Sturm e Stöck vum Daach fottjeflore, dann och en nem Sturm em Hoff ne Boum ömjeknick, un dä hät dem Nohber de Muur kapott jemaat; jo un emmer widder moht ich für en Wunnung ne neue Meeder söke. Hätt ich nit jedaach, dat dat bej drei Wunnunge su off dran köhm. Et wor en Zick lang emmer de mittlere Wunnung, wo et eren un erus jingk wie bej de *Duvve*. Winnistens hatt ich jo dann en Vollmacht un kunnt die Rechnunge an mich schecke loße, dat ich nit mieh jedesmohl em Durjenander vun mingem Ühm römwöhle oder Duplikate kumme losse moht.

Ich moot mich dann ävver och ens an dat Durjenander met singer janze Poss dranjejevve un han jemerk, dat ich dat besser ald fröher jemaat hätt. Do hatt ich dann jo och die Breefe vum Bausparverein un d'r Sparkass zorteet un jesinn, dat hä do och ald widder *Dress* jemaat hatt.

Dä hatt jo bejm Bausparverein ne Kredit für dat Huus opjenumme, und sujet läuf jo noh ner Zick us. Dann kannste'n uslöse oder ne Neue maache. Un do hatt dä koot vürher ne Kredit neu usjemaat, obwohl hä derweil ald widder einijes jespart hatt un dä Ress Scholde domet komplett hät uslöse künne.

Fröher hätt sich dat jo sujar noch e betzje jelohnt, wenn de't richtisch ahnjestellt häts. Weil do kraatste jo noch jot Zinse für en Jeldanlare, un su hätste dir de billije Hypothek vum Bausparverein nemme un für hühere Zinse bej de Sparkass ahnläje künne. Un de Hypothek kunzte bej d'r Stüür och noch avsetze. Ävver die Zigge wore jo domols ald vorbej.

Un usserdäm hatt dä dat jo och janit su jemaat. Dä hatt övver 26.000 € op'm Giro erömlieje, wo et jo jar nix jebraat hatt un vun d'r Inflation ahnjefresse wood. Un dann noch ens mieh wie 30.000 € op'm normale Sparbooch, wat jo och nit vill avjewurfe hätt.

Un esu moot dä noch ens 10 Johr lang Zinse für ne Kredit bezahle, dä janit nüdisch jewäse wör. Ävver dä Mr. Superschlau hatt jo emmer jemejnt, hä wöss alles besser, oder dat rejelt sich irjendwie vun selvs, un hätt nie ens ejne für sujet jefrooch.

och op em Rad d'r Führersching fott. Ävver ich jläuv, do hatt kejne noh jefrooch. Un dä andere wor jet met schold, die Krankekass hät vun dem singer Versicherung 40 % zoröck kräje.

Winnistens hät hä donoh nit och noch ahnjefange, et Bejn rop un eraf ze hevve.

Na jedenfalls hätt ming Oma en dann dozo jebraht, dat hä nur noch zo Hus jesoffe hät. Nit dat hä jeden Ovend voll jewäse wör. Ävver su 2-3 Fläschje Bier woren et jeden Daach, av und zo och ens jet *Wing* oder Sekt, un wenn hä verkält wor, jov et wärm Bier un Klosterfrau Melissenjeist.

En Zick lang hatt hä et och me'm Steinhäjer, un us dä Ton-fläsche hät hä dann emmer irjendjet jebastelt. Un dann hatt hä sich och ald ens Klore jehollt un met Holunder us em Jaade *Opjesetzte* drus jemaat. Ävver mem *Schabau* hät hä sich dann späder doch jet zoröck jehalde, wie ne ahle Früngk vum im sich domet kapott jesoffe hatt.

Manchmohl jov hä sich ävver och richtisch die Kant, un dann kunnt hä och *kabitzisch* wäde un hät widder över irjentjet jeschannt oder römlamentiert. Mietztens jing et doröm, dat en irjendwer beklaut oder usjenötz hätt. Un johrein, johruss emmer widder dat die Nohbere, die die andere Hälft vun usem Doppelhuus hatte, bejm Bau an de Fundamente römjepfusch hän un sich su et jrößere Stöck vom Huus erjaunert hätte, un dann och noch dä Anbau üvver de Jrenz jebaut hatte. Späcer dann och noch, dat andere emmer irjendjet am Huus oder de

Dat Fahrrad

Sing Steuerberaterin, die hä fröher hatt, wor die Frau vun nem Kollesch vun mir op d'r AOK, un die hätt mer ens em Vertraue ne schöne Satz jesaat:

„Die Dimension der Selbstüberschätzung Ihres Onkels fasziniert mich immer wieder."

Jo, schöner kammer' t nit usdröcke. De Schlauste wor hä nie, un vill vum Levve hät hä och nit jeliehrt. Dat hät'en ävver nit dovon avjehalde, sich selvs für superschlau ze halde, un övver andere herzotrecke. Ävver et schönste Beispill wor domols die Saach met dem Rad. Dat wor natürlich lang nit de jrößte *Dress*, dä're jemaat hatt. Ävver et zejch, wie dä jestrick wor.

Ejnes Ovends hät hä em Keller jebrasselt, un dann kom hä rop un saht: „Ich muss e neu Fahrrad han. Dat klapp nit mieh, ich wejß nit, wat do dran es." Ja nu. Direk e Neu, han ich mich jefroch. Nit ens eetz noh d'r Werkstatt? Ävver dat wor jo nit mieh Problem.

Also hät hä sich am nächste Daach e neu Rad jekouf. Un dat ahle stund dann em Keller op'em Flur eröm. Dat wor typisch: Dä Fall wor für dä domet erledisch, un dat ahle Rad hät en dann nit mieh intressiert. Dat dat do em Wääch erömstund, ejal. Fotjeschmesse wood et natürlich och nit, weil fotjeschmesse weed jo nie jet. Irjendwann künnt jo villeich irjendejne irjendwo irjendjet dovun noch jebruche.

Also, e paar Woche späder han ich mer dat Rad dann

Enrichtung kapott maache däte. Dat wood met d'r Zick emmer mieh. Irjendwann hät hä nur noch esu römlamentiert. Un dann nit nur över private Krohm, och wenn et öm de Politik un andere Krohm jing, hät hä alles schwatz jemolt. Un dat de Minschhejt sich suwiesu bal selvs kapott mäht.

Ming Mamm hatt domols ens jesaat, dat wör alles nur vürjeschobe, un dem pass et in Wirklichkeit och nit, dat hä emmer nur zo Hus met singer Mamm vür'm Fernseher setz un süns nix vum Levve hätt. Un well dat nur nit zojevve un fängk deshalv emmer widder met dem andere Krohm ahn. Domols han ich do nit jroß drüver nohjedaht, ävver hück mein ich, do weed jet dran jewäse sinn.

Un wenn hä ens besser drop wor, kraht mer nur sing *Strungserej* ze hüre, vun singer Berchtoure, un wat hä em Hus un anderswo all jebaut un jemaat hät. Un wehe, dat wood nit ahnjemesse jewürdisch.

Sich üvver andere löstich maache, dat kunnt hä och jot. Ich hatt ald met 15 Johr Schohjröß 45, do hatt hä ens drüvver jelästert: „Demnähx bruchste Jeijekäste, wa?". Dat dä selvs met singem decke *Buch*, dä hä sich selvs enjebrock hät, kejne Adonis es, kunnt hä nit hüre. Do wor hä widder beleidisch.

Ävver sing Mamm, ming Oma, wor jo och nit vill anders drop. Wullt vun kejnem jet wesse un hatt sich emmer nur doheim avjekapselt. Die hatt nur ejn Fründin em Dörp, der ihr Dochter

ahnjeluurt. De Riefe wore noch jod, och noch jet Luff dren. Speiche och all noch dran un fess. Dann han ich ens et Pedal jetrodde un han jemerk, aha, die Kett leef nit richtisch. Ich also noh dä Kett jeluurt, un wie ich dat soch, han ich nur noch mem Kopp jeschöddelt un jelaach.

Dat Rad wor nämlich janit kapott, dat wor nur dreckisch wie 10 Säu. Die Kett un die Ritzel wore su verklääv met Dreck un Öl, dat die Kett hinge an d'r Schaltung emmer für ne Momang an de Zäng kläve jebleve es un deswäje nit richtisch rund leef. E paar Lappe, jet Terpentin, dann wedder neu enjeschmiert un dat Rad wor widder jot.

Jefahre es hä dann ävver nit mieh domet. Wor em villeich peinlich. E richtisch jod Rad wor et allerdings och nit, neu hatt hä sich jet besseres jejönnt. Ävver für noh d'r Arbejd un zom Enkoufe wor et allemohl noch jod jenooch, un mieh hät hä suwiesu nie jemaat. Un dat Neue sooch e halv Johr späder ald jenau su runderjekumme us wie dat Ahle.

Ja, do fröch mer sich: woröm jeht mer nit ens zoetz noh d'r Werkstatt, wenn jet nit klapp, un käuf direk e neu Rad? Ävver su wor dä: wenn jo hä als dä Mr. Superschlau nit woss, woröm dat Rad nit mieh läuf, wor et für dä och nit vürstellbar, dat do irjend ne andere noch jet dran maache künnt. Also moht direk e Neu her.

Wie` mer an mingem Rad ens dä Bremszoch jeresse

wor de selve Jahrjang wie ming Mamm, vun domols her mösse die sich ald jekannt han. Ävver och noh 30 Johr wore die emmer noch per „Sie". Un et wor och emmer die andere, die bej ming Oma kohm un dat am loufe jehalde hatt. Dobej sooch dat us, wie wenn ming Oma sich och jähn met der ungerhalde hät. Et wor also kej Wunder, dat ihre Jung och esu jewoode es.

Winnistens ihr Vürurteile han nit op'en avjefärv. Met mingem eezte Auto hatt ich ens ne Unfall jebaut, do wor ich nem Türk *henge drop* jefahre. Dä kohm dann ovends met nem Fründk bej mich wäje d'r Versecherung. Dat leev och alles janz manierlich av. Ävver ming Oma hatt metkräje, wie die kohme. Un wie die widder fott wore, kohm se ahn un fungk e Jezeter ahn: „Wat ware dat für Leit? Dat senn Betrüjer, senn dat!" Nur weil et Türke wore. Dobej hatt die janit jehoot, woröm et jingk.

Se hätt sich jesundheitlich lang jot jehale, weil se sich öm ihre Jung jekömmert hät. Wie se üvver de 80 wor, hät se ävver och langsam avjebaut. Un desto mieh fingk se dann och met Spinnereie ahn.

Dä 2. Mann vun minger Mamm, dä Willi, han die alle zwei *nit ligge* künne. (Ich allerdings och nit, us andere Jründ.) Un wenn dann also jet jefählt oder ne Teller oder en Tass ne *Knups* hatt, oder süns irjendjet kapott wor, dann wor dä dat, „dä Müller". Dä sollt dann met nem Ersatzschlössel sich en et Hus jeschliche han, nur für ze kläue oder jet kapott ze maache. Weil ming Mamm hätt jo en d'r Schlösselfabrik en Bröhl jearbejd un do künnt se jo an alles drahn.

wor un ich ne neue koufe jingk, hät dä mich vürher jefroch: „Kammer dat nit flicke?" Ne Bremszoch flicke, dat muss mer sich ens vürstelle. Dat es nix wie e klej Drohtseil, un wenn dat jerisse es, dann jid et nix ze flicke. Dann käuf mer e Neu für drejfuffzisch, baut dat en un domet hät et sich. Dodran kunnt mer sinn, wat dä vun Fahrräder verstund.

1980 em Jaade met däm Jung vum Dieter, wie dä uns met singer Famillisch ens besök hatt.

Wie am Wasserkessel jet Emmaille avjeplatz wor, hatt dat natürlich och „dä Müller" jemaat. Ming Oma hatt ävver dä Tick, dä Kessel emmer op'm Herd stonn ze losse un die Plaat nie janz uszemaache, domet se schnell wärm Wasser für ne Kaffee hatt. Do hatt se dat villeich ens verjesse, dat Wasser wor verbröötsch un dä Kessel hejß jewoode, wobej dann jet avjeplatz sin künnt. Ävver met Physik un Logik kunzte der jo nit kumme. Un schon janit, dat se selvs jet Schold wor.

Minge Ühm hät dat Jekeif dann natürlich alles jegläuv un su han sich die zwei emmer wigger *jäjensigisch* jeck jemaat.

Manchmol moht ich dann herhalde. Wenn se en d'r Köch jet verschött hatt, hätt se mir dat vürjehale. Wenn se de Schlösselbund em Flur verlore hatt, saht minge Ühm, ich hätt dä do henjeschmesse. Andauernd jov et su ne Blödsinn un Zänkerej.

Ejnes Daachs wor en Plaat op ihrem Herd kapott. Jedesmol, wenn se die ahnmaat, floch em janze Huus de Secherung erus. Villeich wor et jrad die Plaat, wo emmer dä Kessel drop jestande hätt. Also hät minge Ühm oder ich de Secherung widder renjemaat un ihr jesaat, se sullt die Plaat nit mieh ahnmaache. Paar Daach drop hatt se dat widder verjesse un et wood ald widder duster em Huus. Dat wullt se ävver nieh selvs jewäse sin, dat wor dann och emmer „dä Müller" mem Ersatzschlössel.

Dat jing en Zick su wigger, bes dat ming Mamm met ihrem Tuppes ens widder me'm Bus für e paar Daach op Tour wor. Un

Pünktlich – pünktlicher - Helmut

Für mich es jo pünktlich, wammer zo de richtije Zick irjendwo ahnkütt. Nit su bej mingem Ühm. Pünktlich wor für dä, et leevs en halv Stund ze fröh. Oder noch mieh. Un ejal wobej. Wammer nohm Bahnhoff muss, kammer sujet jo noch verstonn. Ävver stell dir vür, du mähs en Fete, häs noch he un do jet ze richte, oder häs ald de janzen Daach Arbejd domet jehatt un wells noch ens en Minut ding Rouh han, oder dich noch jet parat maache, un dann häste do ald ejne römsetze.

Ich wor met däm fröher ald ens sundachsmorjens Schwemme jefahre. Dat Schwemmbad dät öm aach Uhr opmaache. Minge Ühm wullt emmer fröh eren, weil hä meint, späder wör et em ze voll. Hatt hä jo och rääch. Un vun zo Hus mem Rad wor mer en 10,15 Minute do. Ävver jeden Sundach wor et dann et selve Spell. Ich soß noch bej mir ovve am Köschedesch met nem Brütche, un unge hürt ich dä em Flur ald öm halve aach rop un runder jonn, weil hä et nit mieh avwade kunnt.

Ich han mich vun dem ävver nit jeck maache loße. Un dann simmer anfangs öm veedel vür aach zesamme lossjefahre un kohmen jrad ahn, wie de Dür opjing. Un trotzdem, nächste Sundach, widder et selve. Irjendwann hät hä dann nit mieh op mich jewaad. Es öm halve aach allejn lossjefahre un hät dann en Veedelstund vür de Dür jestande für nix un widder nix, nur dat hä de eetzte wor, un ich wor dann koot vür aach dobejjekumme. Dat kraht dä nit ussem Kopp eruß.

wie do ald widder de Secherung wäjen dä Plaat erusjeflore es, sullt dat dann trotzdem widder „dä Müller" jewäse sin, per Telepathie oder sujet. Do hät sujar minge Ühm jemerk, dat se *verdötsch* wor, un hatt e *betzje* Rouh jejovve.

Su met 85 fingk se ahn, sich am Daach en ihrem Schlofzemmer enzoschleße. Un ejnes Daachs es se dann dodren irjendwie ömjekipp un hatt sich wieh jedonn, maht ävver nit de Dür op. Kunnt se villeich och nit mieh. Do hät minge Ühm die Dür enjetrodde un se eez ens en et Bett jelaat.

Ich kohm dann dobej un wie ich met däm üvverläje wullt, wat mer met der maache, zeich dä mir en Stell am Spejel vun dä Kommod bej ihr em Zemmer, wo e Stöck Plastikverkleidung an ener Schruv jefählt hät. An ner Kommod, die mieh wie 40 Johr ald wor. Dat sullt dann widder ejner kapott jemaat han. Sujar in su nem Momang hatt dä su'ne *Dress* em Kopp.

Ich han dann ne Krankeware jerofe un die han se met en et *Spidol* jenumme. Ujn wie se zoröck kohm, wor se nit mieh ze jebruche un ne Pflejefall. Dat moht ich dann met minger Mamm zesamme orjanisiere. 55 Johr lang hatt sich minge Ühm vun der alles maache loße un dat hä sich jetz ens vun hück op morje öm sich selvs un och noch öm die kömmere sullt, dat hät jo nit klappe künne.

Wie dat dann ens met d'r Krankekass un em Pflejedeenst un em Esse un allem dröm eröm alles jerejelt un enjespellt wor, hätt hä dann och met ahnjepack. Hät ihr och ens de Pampers

Trotzdem wor dat me'm Schwemme jon jo noch schön. Wemmer wejß, dat ejner metjeht, hälts de dich besser dran. Jäje 10 Uhr wore mer widder doheim, un dann hammer met minger Oma noch ens zesamme jefröhstöck. Ävver leider es dat emmer widder enjeschlofe. Dä moht jo domols och ald ens sundachs arbejde und dann wor et nix domet. Oder ich wor samstachs ovends ungerwähs un morjens noch nit fit. Irjendwann wullt hä dann nit mieh met un hät mer dann sing restliche Entrettskaate spendiert.

Jebootsdäch

Minge Ühm hät sich jo mietstens us andere Feierlichkeite erusjehalde un hät och kejn Fründe jehatt, wo hä ens hinjing oder ens jet met denne ungernumme hät. Ävver wie singe 50. Jebootsdaach ahnstund, wullt hä doch ens jet präsenteere un zeje, dat hä och ne jode *Jassjäver* sinn künnt.

Dofür hät hä dann extra Mobiliar jekouf, drej *Desche* un 12 Stöhl für *drusse*, un drej Holzkollejrills. Un dann öhntlich ze drinke kumme loße, reichlich Bier, och e *betzje* Limo un Wasser, un weil die Kolläje dat jähn drinke däte, 2 Fläsche Kümmerling. Selvs mooch hä dat nit. Zo esse och mieh wie *jenoch*, *Wööschjer*, Kottletts, *Äpelschloot, Brud*, Knabberei, alles wat su dobej jehürt.

jewäßelt un jesorch, dat se ze drinke hatt, un hätt wigger ovencs bej ihr em Wonnzemmer jesesse. Ävver haupsächlich hatt ming Mamm dat dann bes zom Schloss jemänätsch, met de Ärzte un em Pflejedeenst un wat süns ze rejele wor.

Ich denk, dä hatt kejnem su rischtisch övver de Wääch jetraut un och andere nix zojetraut. Entweder se wullten'en nur usnötze un beklaue oder se wullten nur Fründe sin, sulang et jet ze fiere jov, ävver nit wemmer ens bej irjendjet Hölp nüdisch hät.

Et kohm natürlisch och kejner, öm sich emmer widder dä selve *Keu* ahnzehüre. Un desto mieh dä met minger Oma zo Hus jehock hät, desto mieh hät dä sich in sing Schwatzmolerej erenjestejert.

Un su kunnt hä et och nit han, wenn bej mich ens ejner ze *Besök* kom. En d'r Nöh wunnt jo ne *Kusäng* vun mir, dä Frank, dat es ne Son vun minger Tant Ingrid, dä Schwester vun mingem Pap. Dä kohm av un zo ens bej mich un mer han zesamme Musik jehoot oder sin ovends ejne drinke jejange.

Ejnes Daachs kohm minge Ühm vun de Arbejd, wie ich jrad bej minger Oma en d'r Köch jesesse han. Dat wor wie die noch fit wor. Also mer han jehoot, dat die Dür jing, dä kohm ävver nit eren un bleevt do am Enjang stonn. Paar Minute lang. Un dann fungk hä wieder en Schängerei ahn. Wat wor? Do hatt hä em Dürrahme en klejn Stell jefunge, wo d'r Lack av wor, un dä Frank sullt dat dann, „muuutwillisch", avjekratz han. Wenn de

Un dann hät hä samsdachs em *Jaade* opjedesch. Ich han' em och dobej jehulfe. Hatt vürher ald ne Sprinter jeliehnt für dat Mobiliar em Baumaat ze holle.

Et kohme nur die Kolläje vun d'r Degussa. Vun singer ahl Fründe, met denne hä fröher en de Berje jefahre es, wor kinner do. Un vun d'r Verwandschaff un de *Nohberschaff* och kejner.

Un no all däm Jedöns, wat hä für dä Daach jemaat hatt, hät dä sing Jästeschar dann em Joggingahnzoch empfange. Wenn dat dä Lagerfeld jesinn hätt.*

Ävver se hatte ne schöne Ovend zesamme, hä hatt sich jo jroßzüjisch jezejch un dat es bej de Kolläje jot ahnjekumme. Un hä hatt sich och schön *bestrungkse* loße, wat hä am Huus un em Jaade alles schön parat jemaat hatt. Hä es dann och e paarmol vun dä andere enjelade wurde, hät dann ävver nie mieh selvs sujet jemaat. Un dann es dat widder enjeschlofe.

Wie hä't nächste Mol ne Zehner voll hatt, wor sing Mamm jo ald ne Pflejefall, un esu 3 Woche vürher jingk et met der *de Berch eraf.* Met Fiere wor dann also nix. Un die hätt et dann tatsächlich jeschaff, op de Daach jenau an singem 60. Jebootsdaach de Löffel avzejevve. Als wullt se'n noch em Dud nit loss loße. Dat wor jo klor, vun do an moht hä jo mindstens an jedem Jebootsdaach och an die denke.

*Dä hätt ens bejm Gottschalk jesaat, „nit ens vür singer Katz" dät hä sich su jonn loße, en Joggingbotz anzedunn.

dat em Fernseher jebraht hätts, wie bejm Ekel Alfred oder bejm Motzki, do hätt jeder jesaat, sujet bestusstes jit et doch janit. Dat Eckche wor höchstens 3 Millimeter, un anscheinend hät hä do die fönef Minute jebruch, die ze finge un ne Vürwand für en Schängerei ze han. Wenn er' t in dä Zick nit selvs jamäht hät, weil hä irjendjet für ze Schänge jesöök hatt.

Un wenn ich ens en Fründin hatt, dat kunnt hä anscheinend eez rääch nit verknuse. Jesaat hät hä jo nie jet. Ävver hück jläuv ich, cä es dann vür Neid de Wäng huh. Ejmol han ich erläv, dat bej mir en d'r Köch et Salz un d'r Zucker vertusch wore, un ich hatt ne versalzene Tee. Ich denk, dat wor dä. Un dann kohm hä ens widder domet, die hätt bej'em och irjendjet metjonn loße oder kapott jemaat. Natürlich widder „muuutwillisch" met 3 „u". Et Letz wor ich et dann selvs. Do soß ich met mingem Mädsche bej mir en d'r Köch bejm Fröhstöck un dä kohm erenjeplatz, weil ich'em d'r Eierpickser jeklaut hätt. Dat wor op Neujohr, mir wore ovends vürher danze jewässe, un dä hät widder allejn zo Hus jesesse. Kunnt hä wohl nit han un wullt dat ävver nit zojevve. Na jot, Neid es och en Art Anerkennung. Zwar unfreiwillisch, dovür iehrlicher wie manche andere.

Mer hätt jo domols ald merke künne, dat hä nit mieh rischtisch em Kopp wor. Ävver no'm Dokter hättsde dä suwiesu nit kräje. Su hätt mer ens die Schängerej ahnjehürt un dann hatt mer widder en Zick lang Rouh, un mieh es jo eez ens nit passeet.

Nevven dä Schängerei es hä dann in en rejelrechte Klepto- manie avjerötsch un hät alles möchlische vun d'r Arbejd

An singe 70. kann ich mich janit erinnere. Süns hatt mietsdens ming Mamm e betzje *Kooche* jehollt un Kaffee jemaat. Die wor ävver en dem Johr vürher jestorve. Dann weed ich dat wohl jemaat han.

Weil hä jo nie eruskohm, han ich' em an de Jebootsdääch dann ens en Zick lang jet jeschenk, wo hä jet Avwechlung kraht. Dann hatte mer ens en Schiffstour op'm *Rhing* jemaat, wo dä Stankowski* och jet historisches vun Kölle verzällt hatt. Ejmol wore mer en Satzvey op'm Burchfess, do jov et *Maat* un e Ritterspell. Un bejm ahle Millowitsch wore mer och ens. Un wenn et öm die Zick nix jov, wat intressant für dä jewäse wör, hätt hä ne *Jutsching* für e Restorang em Dörp kräje, wo hä ens esse jon kunnt.

Vür'm 80. Jebootsdaach hatt ich ne ahle Früngk un sing Frau jefrooch, dä Karl-Hermann un et Trudi, met denne hä fröher en de Berje wor, un wo hä och ens bejm Baue jehulfe hatt, ov se kumme künnte. Die hatte och jo jesaat, sin ävver doch nit jekumme. Kann ich denne och nit kromm nemme, dä hatt sich jo och all die Johre bej denne nit jemeld.

Do hammer dann met dä Polin, die do jrad do wor, allejn do jesesse. Un domols hatt hä noch ne jode Appetitt un hät dä Kooche, dä ich bersorch hatt, dann bal all allejn jefresse. De Daach drop kohm dann noch de Pastuurin jratuliere, dat es bej de evanjelische so üblisch vum 80. Johr an. Dat Johr drop kohm ävver vun de Kirch och kejne mieh.

*Martin Stankowski, ne Historiker vum Fernsehe

metjonn losse. Anfangs wor et Seif, die krahten se en de Firma jo ömesüns, weil die op d'r Arbeid ärg dreckisch woode un jeden Ovend unger de Braus mohte, bevüür se noh Hus jinge.

Seif kann mer jo och emmer jebruche. Ävver dä kunnt nit ophüre, emmer mieh ahnzeschlejfe. Am Eng hatt dä bestemp an de 2 Zentner zosamme, su vill bruch mer em Levve nit.

Un dann hät hä sich anscheinend irjendwann alles jekrallt, wat nit niet- un narelfess wor. Näjel, Schruve, Bohrer, Dübele, *Schruvetrecker*, Hämmer, Zange, Drohtbürschte, Arbejdshändschohn, Droht, Kabel, Metallreste, alles wat hä en de Finger kraht.

Un dann alles em Plastiktütche zosammejeraff un bej sich em Keller op ne Haufe jeschmesse, ohne je jet domet ahnzofange. Dä Haufe wood dann emmer jrößer und en dä Keller kunntste irjendwann nit mieh eren. Jeschweije denn irjendjet maache oder dren arbeide, dobej hatt hä sich do fröher ne Partykeller un ne Werkroum met zwei Werkbänk parat jemaat. Ich nemme ahn, dä hät sich op die Art avreajiert, weil hä sich *vun alle Sigge* üvervorteilt jeföhlt hät.

Dat hät och nit an d'r Werksporz ophehürt. Vür dem wor nix secher. Ich han em Urlaub en Lanzarote ens enem Jitarrebauer bej d'r Arbejd *zojelurt* un hatt mer do spontan och en Jitar jekouf. Hatt dann zohus en Zick lang probeet, domet ze spille, dat jov ävver nix. Do stund die dann bej mir en d'r Eck eröm, un ejnes Daachs wor se fott. Un dann han ich se bej'em em Wonn-

1988: De 50. Jebootsdaach – en d'r Joggingbotz

08.07.1993, de 86. Jebootsdaach vun d'r Oma. Villeich hatt ming Mamm'em jesaat, hä sullt jet ahnständijes ahndunn.

zemmer hengerm Sofa jefunge. Do hatt dä sich die och jekrallt. Dat selve met nem Beld, dat ich ens für en Usstellung jemaat hatt. Dat wor ze jruß, öm et doheim opzehange, un stund bej mir dann och irjendwo röm. Hatt hä sich och unger de Narel jeresse un bej sich em Schlofzemmer versteck. Dat wor en Collasch met enem junge Mädsche drop, hatt hä sich wohl jet jedräump vun.

Dat Beld han ich mer späder widder jehollt un op d'r Arbejd em Büro opjehange, do wor Platz jenooch.

Koot nodem de Oma dud wor, es minge Ühm en d'r Vüürruhe-stand jekumme. Nit janz freiwillisch, kohm mir vüür. Fröher kunnt'er et nit avwaade, un wie et suwick wor, mohten se em Betriebsrot doch jet nohhelfe, dat hä jingk.

Vun do ahn kunnt hä jo nix mieh ussem Werk kläue. Do hät hä ahnjefange, me'm Rad durch die Jäjend ze fahre, wenn Sperr-möll wor, un hät alles möchlische ahnjeschleef. Dat dann och wirklich em Keller, en d'r Wäschkösch, en de Jarasche, op'm Spejcher un em Jaade de letzte Eck noch volljestopp wood. Domols wood dä Sperrmöll noch rejelmäßisch avjehollt, un in jedem Dörp an nem andere Daach. Die Jarasch wor irjendwann esu voll, dat hä koum noch si Rad eren kraht.

Un wenn et kejne Sperrmöll jov, wor hä Stejn ensammele. Alles möschliche an Stejn, Naturstejn, Kalksandstejn, Ziejel, *Paveier*, alles wat hä en de Fenger kraht. Un hät dat Zeuch em *Jaade* opjetürmp. Dat wood ne Berch, 2 Meter huh un 10 Meter em

Häbät un Horst

Wie ming Oma jestorve es, kohme och e paar vun d'r Verwandschaff noh de Beerdijung. Die Oma kohm jo us St. Goar un do em Huus vun ihre Eldere hät noch ne Kusäng vun mingem Ühm jelääv, dä Häbät, met singer Frau Wilma, die woren och do. Dä wor och bejm Bau un hät jähn ejne jedrunke, süns es do en dä Jäjend jo nit vill loss. Irjendwann moss dä och ens besoffe em Auto erwisch woode sin un hatt de Führersching fott, un weil hä sich vun singem Waare nit trenne kunnt, ävver och nit bej de *MPU* jon wullt, hätt hä dä johrelang bej sich em Hoff römstonn un verroste loße. Un ov et vun dä schwere Arbejd oder vum Suffe kohm, oder weil hä bestemp och öm de 20 Kilo zevill op de Reppe hatt, dä hatt domols ald schwer römjekränk un wor vill em *Spidol*.

Ich hatt vürher en ner Weetschaff em Dörp ne klejne Saal reserveet, wo mer vum Friedhoff us jet zom *Reuesse* zosamme jesesse han. Un ich hatt dann dat Pech, dem Häbät jäjenövver ze setze. 2 Stond lang hät dä vun nix anderem wie vun singe Krankhejte jeschwad. Mer will jo in dem Momang kejne Ärjer, ävver ich wor noh dran ze sare, wenn de jetz nit bal met däm Verzäll ophürs, moste mir en Üvverstond bezahle. Weil Krankeverzäll hüre ich op d'r Ärbejd en de AOK ald aach Stund lang jenoch.

Met dobej woren och die zwei, met denne minge Ühm fröher en de Berje jefahre wor, dä Karl-Hermann un dä Horst, dä hä 8 Johr vürher noch ahnkrieje wullt,

Durchmesser. Wejß d'r Düvel, wo hä dat all herjehollt hatt. Bestemp nit all op die feine Art. Ne Steinjade sollt dat wede. Derweil es dä Ress vum Jaade emmer mieh zojewahße.

Wie hä ens widder met nem *Püngel* Stejn ahnkohm, hatt ich jesinn, dat hä dofür met mingem klejne Klapprädche ungerwähß wor. Dat hatt ich mer ens als Ersatzrad ahnjeschaff, och weil mer dat jot in et Auto krije kunnt. Un dann nimp dä sich dat ejnfach met singe domols ald 95 Kilo un pack dann noch 30 Kilo Stejn drop. Do han ich met im jeschannt. Et wor ävver ze spät, oder hä hät nit drop jehürt. Wie ich dat dann ens selvs widder jebruch hatt un zesamme jeklapp han, kraht ich dat donoh nit mieh rischtisch jrad. Wor dä Rohme verbohre. Dat hät hä dann mir vürjeworfe, ich hätt dat extra kapott jemaat, domet hä nit mieh domet fahre sullt.

Zweschedurch wor hä dann ävver fruh, dat ich noch met em Hus wor un'em jet met singem Papierkrohm jehulfe han. Un wie sing Stüerberaterin vürjeschlare hatt, dat ich en Pflejeverpflichtung für dä ungerschrieve sull un dä mir dofür dat Hus un och dat Meetshus avjitt, wat hä nevenbej jebaut hatt, ha'mer dat anstandslos su jerejelt kräje. Et wor jo och kejne andere do, dä dovür en Frooch kohm.

Ich ha'mer domols nit vill bej jedaach. Jeändert hatt sich domet zoeez jo nix, dä hatt jo et Nießbruchrääch un ich wor dann nur vum Name her ald de Eijentümer. Un domols wor hä jo winnistens körperlich noch fit un wie lang ich späder met singer Pfleje Spell han dät, kunnt mer do jo noch nit wesse.

71

em bejm Baue ze helfe. Donoh hatte die sich die janze Zick widder nit jesinn. Dä Karl-Hermann och nit.

Dä Horst sooch schläch us, mer han secher all jedach, dä wid de nächste sin, dä unger de Ähd kütt. Esu römjekühmp wie dä Häbät hät dä ävver nit. Ich hatt nit metkräje, dat dä üvverhaup jet jeäußert hät, wie et öm'en stejt.

Dä Horst wor och ne iwije Jungjesell, kohm jenau wie minge Ühm vum Bau an et suffe, un dann wor hä lang em Dörp em Fastelovendsverein. Do kohm secher och einijes an Sprit zesamme, un do wor vill *Schabau* dobej. Dat es mingem Ühm dann nohjejange, donoh hatt hä dann de Fenger vum *Schabau* jelosse un „nur" noch Bier un *Wing* jesoffe. Un es dann och noch ens e paarmol de Horst besöke jejange. Hät im wohl Lejd jedonn, dat hä su lang nix vun sich hatt hüre loße.

Su han die zwei noch 6 Woche lang e *betzje* vun de ahle Zick op'm Bau un en de Berje verzallt, un dann es dä Horst jestorve.

1998, sing ahle Schullfründe Karl-Hermann un Horst, bejm *Reuesse* noh de Beerdijung vun d'r Oma

Un wenn et jet ze müre jov, han ich jo och met ahnjepack. Wie zom Beispill, nohdem hä 3 Johr en Rente wor, hät hä em Jaade ne Brunne jebaut.

Wenn et ens kräftisch jerähnt hät, stund dä Hoff hengerm Huus ald ens unger Wasser. Dat kohm och doher, weil hä dat Rähnwasser ömjeleit hatt. Dat jingk nit mieh vum Daach en d'r Kanal, dofür hatt hä en dem Hoff vier jroße Tonne opjestallt un de Fallrühre dodrop henjebaut, su hatte mer em Summer dat Wasser für de Blome un die Heck. Ävver wenn die Tonne dann voll wore, jingk dat Wasser en de Jaade un manchmol kohm esuvill erunder, dat dat nit esu schnell avloufe kunnt.

Un do kohm dä op die Idee, em Jaade ne Sickerbrunne ze baue. Met dä Naturstejn, die hä bis dohen ahnjeschlejf hatt. Dobej kunnt hä sich jo widder als Mürer uslävve. Dat wor dann jo ens jet vernünftijes, un ich han dann och metjemaat.

Hammer dann 6 Meter deef jebuddelt, bis dat mer op Sand jestüsse sin. Dä kunnte mer dann och jebruche, für *Spieß* ahnzerühre. Un dann hatt dä dä Schacht usjemuurt un noch jot ne Meter ovven drop. Dann noch e Daach drop, do hatt hä de janze Summer lang jet ze dun. Un dat es dann jo och schön jewoode. Jeklapp hätt et och. Zickdem läuf dat Rähnwasser vum Jaraschedaach en dä Brunne ren, un wenn die Tonne met dem Rähnwasser vum Huusdaach voll sin, loufen die övver un durch en Dränasch och do ren.

(wigger jeht et op Sick 83)

73

Aktiv en de Rente: dä neue Brunne em Jaade

Süht doch jot us! Met däm jruße Daach do en dä Eck e betzje üverdimen-
sioneet wie üblich, ävver et klapp domet. Wenn et ens me'm Klima
schlächter weed, ka'mer dä Bodde noch met Betong usjessße un hät en
Zisterne.

1999, op Bustour me'm „Müller" en Winterberg

Bustoure mit minger Mamm

Ming Mamm es jo met ihrem Tuppes jähn ens met nem Busungernehmer für paar Daach op Tour jefahre. Un wie ming Oma dud wor un minge Ühm dann allejn zo Hus jesesse hatt, han se dä ens e paarmol metjenumme. Do es dä ävver emmer nur wie e Hüngkche hinger dene herjedaggelt un hät sich nie ens met andere vun däm Trupp ungerhalde. Dat wood minger Mamm dann lästisch un villeich och jet peinlich, un su han se'n nit mieh jefrooch für met ze fahre. Un selvs hätt hä sich och nit dröm jekömmert.

Durjenander

Met Ordnung hät hä et jo nie jehatt. Ejal ov bej de Papiere oder met Pröll en singem Zemmer, em Keller un dä Jarasch, un och dä Jaade wood emmer mieh zojemöllt.

Dä kunnt jo nix fottschmieße. Dat han die Lück jo vill su ahn sich, die de *Kreech* un die ärme Zick donoh met erläv han. Un dozo hätt hä emmer mieh Krohm ahnjeschleef. Usem Werk jekläut, vum Sperrmöll avjestaub, wat wejß ich noch. Un dann alles üvverenander jeschmesse un emmer mieh drop, dat de nix mieh finge kunts.

Do kunzte och nit ej Eckche frej halde. Eh mer sich versoh, hatt dä widder irjendjet do hen jestopp. Deswäje kunnt mer nit ens singe eijene ahle Krohm fottschmieße. Dat mootste stonn loße, bis de dä Platz für jet anderes jebruch häs, weil süns hatt dä die Eck dann och ald widder volljestopp.

Un wenn hä dann ens jet jebruch hät, kunnt e't natürlich off nit finge, un hät irjendwäm ungerstellt, dat e't em jeklaut hät (su es dat jo, wemmer vun sich op andere schlüss), un hät et sich neu jeholt. Wie hä dann ald verdötsch wor un ich bej'em opjerümp han, hätt ich ne Werkzeuchlade opmaache künne.

Hämmer, Zange, Bohrer, Stemm- und Klemmiese, *Truffele*, Fiele, Schruveschlössel, Säje, Drohtbürschte, Zollstöck, kistewies Näjel un Schruve, Dübele, Kläv-

1977 wor hä noch fleißisch en singer Werkstatt am Schnitze.

Die Werkbank hatt hä sich selvs jezimmert.

Un am Wochengk maht de Oma Kooche met dä enjemaate Promme un Kirsche.

21 Johr späder sooch dä Werkroum dann esu us. Un dat wor noch nit et Engk vum Leed, do kohm emmer noch mieh Pröll drop.

band, alles mindstens zehnfach un en alle Jröße. Dozo ne Sack vull Ärbejdshändschoh. Un dat all dann noch durjenander zwesche all dem andere Krohm: Bredder, Balke, Dille, Kabel, ahl Plate, für de Wand un für de Boddem, ahl Iesestöcke, Kabel, un och ejnfach nur Möl un Schutt. En Bütt voll met ahl Plaate, halv kapott un met Spieß dran, die woren vum Baderoum, nohdem mer dä ömjebaut hatte. Ne halve Keller emmer noch voll noch met *Klütte* un Brennholz, un ahl Öfe met de Rühre, wo mer ald zick 1972 de Naaksspejcherheizung hatte. Em Brennholz woren met de Johre ald zweimol de Wespe dren.

Hinger all dem Pröll stundten em Rejal och noch et *Enjemaate* vun d'r Oma, Kirsche, *Promme* un Marmelad, do kohmste johrelang janit mieh dran. Naher moot ich dat all usschödde.

Dat Fotolabor

Ich hatt mer unger de Kellertrapp ens e Fotolabor jebaut. Zwei Desche, ejne me'm Verjrößerer, dä andere met de Bäder, für et Papier durchzetrecke. Dozo an d'r Wand noch e Rejal met de Chemie un em Papier, un für de Belder zom *drüje* opzestelle. Do han ich dann all die Johre vill ovends jearbejd un wenn ich fädisch wor, han ich alles widder enjerümp un die Bröh en de Kanister jeschött.

Wemmer su em Labor arbejd, bruch mer jo ne Emmer für et Wasser un dann och e Handtoch. Dä Emmer

1975: „Ozapft is". Dä Partykeller hatt hä selvs enjerichtet, hatt mer jo vill en de 1970er.

Av un zo hatt ich do och dren jefiert.

Ävver och dä wurd dann noh un noh volljestopp.

stund dann ungerm *Desch* und dat Handtoch hatt ich zom *drüje* över de Stohl jehange, wenn ich fähdisch wor. Un ich kunnt drop jonn, jedesmol wenn ich widder runger kohm un do jet ahnfange wullt, woren dä Emmer un dat Handtoch fott. Dann hatt dä unge widder irjendjet jebrasselt un hät sich dat Zeuch ejnfach jenumme. Dat Handtoch hat ich manchmol total verdreck un zerknüddelt in irjend ner Eck jefunge.

Emmer jov et jo jenoch em Hus. Ävver die woren entweder met irjend nem Pröll voll oder dreckisch. Kunnt ich dann jo nit esu nemme, für domet de Chemie ahnzemaache. Dat hatt och kejne Zweck, met dem do drüvver ze diskutiere. Su moot ich dä Emmer un dat Handtoch emmer met zo mir en de Wunnung nemme.

Ejmol hät hä sich jet jelapp, dat han ich mer nit mieh jefalle loße. Do hatt dä widder irjendjet in singem Pröll jesöök un mir die zwei Desche met singem Krohm volljestallt, un ungen drunder och noch, domet hä dat bej sich us em Wääch hatt un für besser an jet dran ze kumme. Wie hä't dann jefunge oder et söke dranjejovve hatt, dät hä sich an dat andere Jedöns nit mieh stüre.

Ich han mer dat ahnjeluurt un eetz ens nix jesaat. Wullt ens luure, ov dä ens vun selvs op die Idee köhm, dat widder fott ze rühme. Drej Woche lang es nix passeet. Dann wor ich et satt.

Ich han dä Pröll nit zoröck in singe Keller jebraat. Wie dä op d'r Arbejd wor, han ich alles zo'em in et Wonnzemmer erop jeschleef. Un dann alles bej'em op et Sofa, op un unger de Desch un vür de Fernseher dropjestapelt, su wie dä et anderswo och maachen dät. Ej Eckche op'm Sofa han ich frej jehalde, do hätt hä noch setze künne, ävver dä Fernseher hätt hä do nit mieh jesinn. Ich ben bestemp dressisch Mol erop un eraf jeloufe dofür, ävver dat wor et mer wert.

Dann han ich unge mi Labor parat jemaat un han e paar Belder jemaat. Wie dä kohm, hät hä blöd jeluurt un ens koot eröm jeschannt. Ich han nur jesaat, wat du kanns, dat kann ich ald lang. Häss jo drej Woche Zick jehatt, dat widder fott ze rühme. Un dann wor hä stell un hät dat Zeuch widder zo sich en d'r Keller jebraat. Un vun do ahn hät dä nie mieh och nur ens ejn Schruv bej mir op de Desch jelaat.

Wenn ich et hück bedenke, hät dä dat villeich all extra jemaat, als en Schikane, weil hä't nit han kunnt, dat hä sich nit üvverall usbreite kunnt. Ävver sing Lektion hät hä dann jo jeliehrt.

Esu sooch et all die Johre em Winter en d'r Wäschköch us. Die Agave stundte em Summer drusse un mohte en et Huus, wenn et Frost jov, dat kunnte die nit vertrare. Die woote natürlich emmer jrößer un schwerer.

Irjendswann wood et domet zovill Arbejd, un do hatt hä se kapottfriere loße.

Ich hammer dann jähn ne Spaß drus jemaat, wenn ens ejner kohm un jefroocht hät: „Wie, do es jo ne Brunne, zick wann dat dann?" – „Wie zick wann, dä wor doch ald emmer do?!"

Stejn woren donoh emmer noch mieh wie jenoch do, dä Houfe wood nit winnijer. Dä kunnt och nit ophüre, die emmer wigger ahnzeschlejfe. E paar hät hä och noch vürre em Hoff un em Vürjade anjehäuf. Manchmol ben ich naaks, wenn hä em Bett wor, en d'r Jaade, han et Auto met e paar Stejn volljepack un han die irjendwohin fottjebraat. Ävver och esu kohmste do nit jäje ahn.

Un ne Steinjade wood dat och nit. Dä hät ejnfach die Stejn opjehäuf, 2 Blomepött do renjestellt un dat wor et. Met d'r Zick es dat dann alles met Efeu zojewuchert. Un dann es ne Boum drus jewaße, en *Kirschprum*, dat es en wilde Obsart. Dä es mittlerweile och ald 10 Meter huh. Jetz kannste die Stejn och nit mieh su ejnfach fott nemme, mer wejß jo nit, ov dä Boum dann noch secher jenooch stejt.

Ja, wenn minge Ühm jet ze dun hatt, dann jingk et met'em. Ävver emmer en der Art, dä stellt irjendjet hin, un domet hät et sich. Ze kömmere bruch mer sich dann nit mieh dröm, su hätt dä sich dat vürjestellt.

Als nächstes wullt hä ne Feschteich baue. Nevvenahn hatten se nämlich ald sujet, met Kois, dä färvije Karpe dren, un do wullt dä och esujet han. Ich han jedaach, nä, dat kann nit jot jon. Dann baut dä nämlich esu Dinge un mejnt dann widder, dat

Dä Billardroum

Dä Jaaderoum henger de Jarasch hatt hä johrelang och bes noh d'r Deck met singem *Brassel* volljestopp. Dann hatt hä sich en ahl Baubud em Jaade opjestallt un dä Krohm do eren jepack. Un do hatte mer dä Roum jet enjerichtet. Minge Ühm hatt die Wäng schön met Holz verkleidt, un ich han e paar Möbel spendeet, met ner schön Sitzeck, ner Vitrin für Jläser un esu, ner Kommod für Musik un – wat ich emmer ens han wullt – ne richtisch jroße Billarddesch. Hä wullt jo zoeetz en Tischtennisplaat do ren don. Ävver dann hätt mer nix anderes mieh do eren kräje. Un dä un Tischtennis, dat hät suwiesu nix jejovve. Ne Billard kammer och ens allejn spelle.

Ja, dann wor dä Roum fähdisch, ävver dat dät nit heeße, dat dä do nit wigger Pröll erenjestellt hätt. Em Winter hammer do dren jo nix jemaat, do wor et ze kalt für. Un wenn ich dann em Fröhjohr do ren jingk, hatt der derweil ald widder Zeuch do eren jestopp. Dat wör jo nur vorüberjehend, dät hä dann emmer sare. Ävver wenn ich do nit ständisch hingerher jewese wör, dann hätt dä emmer mieh do dropjepack un dä Roum wör jarantiert noh spädstens 2 Johr och widder volljestopp jewäse.

Su han ich dann jedes Johr em Fröhjohr dem dat Zeuch erus jestallt. Zoeetz ens jet jasaat, dat hä't selvs erushollt, späder ejnfach vür de Dür ungert Vürdaach jestallt. Un die Daare drop hatt hä et dann irjendwo anders erenjestopp. Üvver 20 Johr lang jing dat jedes Johr esu.

rejelt sich vun selvs, un kömmert sich nit wigger dröm. Wenn dä ald ze drösisch es, singer Vüjel ejmol am Daach et Wasser ze wäßele*, wat soll dat dann etz met dä Fesch jevve? Un dat Wasser dodren moste jo och sauber hale. Dann jon'em de Fesch och kapott un noh zwei Johr es dat nur noch en Drecksbütt, wo sich de Möcke vermehre. Am Engk hejß et dann noch, „dä Müller" oder ich hätt de Fesch kapott jemaat.

Ich wor alsu *dojäje* un han jedaach, wat mähste jetz? Han ich us d'r Baumschull schnell zwei Kirschbömsche jekouf un em Jade enjesatz. Jetz hätt hä singe Stejnhoufe avtrare mösse, wenn hä noch Platz für ne Teich han wullt. Dat wullt hä natürlich rit, un domet wor dat Thema erledisch.

Et nächs stund e neu Daach für et Huus ahn. Dat wor do jo ald 50 Johr ald. Un do hatt hä sich övverlaat, bei de Jelejenheit en dä Daachstohl zwei Jaube enzebaue. En de Köch un de Baderoum ovve moht mer dann praktisch alles neu maache. Ävver su kraht mer ovve jet mieh Platz. Wor jo en jod Idee.

Dann hammer uns ävver och ens bej nem ehemalije Kollesch vun d'r Schwätz, dä och bej uns en d'r Stroß wunnt, *ahnjelurt* wie dä dat jemaat hatt. Un dä hatt sich do ovve och direk ene jroße Balkon dozo jebaut. Esu hammer dat dann och ahnjefange. Un bej dä Jelejenheit hät hä dann och noch singe Baderoum unge neu maache loße.

Do wor minge Ühm natürlich su rischtisch en singem Element. Zo dä Zick wor hä 65, do hätt manch andere ald kejn Loss

*stejt op d'r nächste Sick: Dä Jröne un dä Blaue

Dä *Jröne* un dä Blaue

Dä Frank, minge Kusäng, hatt ens en Zick lang Wellensittiche jezüchtet un de janze Verwandschaff domet versorch. Ich hatt dann och ejne kräje. Hück säht mer jo, dat wör nit jod, wammer die allejn hält. Ävver dä hät mer extra ejne jejovve, dä sich och ald e *betzje* für sich jehalde hät un mit singesjliche nit vill am Hoot hatt.

Dä han ich dann zahm kräje und han jemerk, dat minge Ühm un ming Oma sich och jefreut han, wenn ich met dem op d'r Hand ens bej die kohm. Do han ich jedaach, villeich wör dat och ens jet für minge Ühm, dat dä sich ens jet öm esu Dierche kömmere künnt. Un su han ich'em dann och ens ejne metjebraat, ich jläuv, zo irjend nem Jebootsdaach.

Ich han ävver jemerk, dat dä met sunnem Dier nix aanfange kunnt. Hät em zwar emmer et *Foder* jejovve, ävver für et Wasser ze wäßele, wor hä ald ze bequem. Dat Wasser moss ävver jeden Daach jewäßelt wede, weil do och ens jet Dreck un Dress erenfällt un dann künne die krank vun wede.

Bal jedesmol, wenn ich mer dat anjelurt han, wor do dreckisch Wasser dren. Oder janix. Die *Vurelskess* stund nämlich direk an d'r Heizung, un im Winter wor dat Wasser dann och ens verdrüsch. Do hät dä selvs jeden Daach ald 2 bes 4 Fläsche Bier jesoffe, un Kaffee, un dät singem Vurel noch nit ens ejmol am Daach neu Wasser bränge.

mieh, sich met sujet selvs avzejevve. Dä neue Dachstohl, dat Daach, neu Finster un de neue Installation vun dä Baderäum hammer natürlich vun de Unternehmer maache loße. Süns hätt hä bal alles selvs jemaat.

Ävver dobei jingk dä Ärjer met däm dann rischtisch loss. Bejm plane wullt hä natürlich alles allejn rejele un do jink ald einijes donevve.

Dat Jebälk hammer dann selvs met Jlas- un Steinwoll isoleet. Neu Finster mohten natürlich och eren. Do hatt hä ald jet falsch jerechnet, weil am linke Finster hatt hä su winnich Platz jeloße, dat mer do koum Jlaswoll zom Isoliere op die Wand kräächte. Jetz es do nur en dönne Bredderwand met e *betzje* Jlaswoll drahn, un an der Stell jeht jetz em Winter de Wärm fleute. Un dat linke Finster hät hä och nit rischtisch bestellt, dat jeit noh de verkeete Sick op un wenn de dat jetz opmähs, häste't medden em Roum üvver de *Desch* hänge.

Dann mohten de Wäng em Baderoum un de Köch opjestock wede, do wor jo vürher en Dachschräje. De Enjang vun d'r Köch moht jet zoröck jesetz wede, domet mer dä Enjang op de Balkong dovür baue kunnte.

Für dä Balkong moht unge etz ens dä Enjangsbereich jrößer jemaat wede. Die ahl Brüstung met de Jlasverkleidung avrieße, jet dranbaue un en Stütze für dat Jeweech vum Balkong setze. Neue Brüstung müre, neu Finster rensetze loße, su wood dat unge dann ne Winterjade. De Bodde vum Balkong enschale,

Beijebraat hät dä dem natürlich och nix. Dat dä dann och zahm wood, do han ich allejn für jesorch. Un *fleje* losse hät hä dä och nit vill. Manchmol ben ich dann met mingem *Vurel* runder jekumme, dat hä ens jet Jesellschaff kräht. Ävver do hat sich widder jezeich, dat dä minge ne Eijenbrötler wor, dä wullt vun dem andere nix wesse un es vür dem emmer avjehaue.

Met d'r Zick es dä Vurel dann emmer decker jewurde un kunnt janit mieh fleje. Do kunnt ich dä op d'r Scholder setze un erus jonn, un ahn d'r Stroß jet me'm Nohber oder em Breefträjer schwade, dä es janz ruhisch setze jeblevve. Oder ich han en ens em Vürjaade en et Jras jesetz un do es hä e betzje eröm jeloufe.

Hät mer Leid jedonn, dat ärme Dierche. Wor ich jo schold, dat hä met su ner Trööt wie mingem Ühm levve moot. Dä es dann och nur 5 Johr ald jewoode. Minge Vurel hät immerhin 12 Johr jelääv.

Ja, ich hätt et nit jedaach, ävver wie dä Vurel dud wor, wullt minge Ühm doch widder ne Neue han. Ich hatt kej jot Jeföhl mieh dobej, ävver ich han jedaach, villeich jeht et, wemmer e Pärche hollt. Dat han ich dann jemaat.

2 Vüjel zesamme kriste ävver nit zahm, die maache vill Krach un süns nur wat se wulle. Die hät hä dann winnistens vill fleje losse. Han dann natürlich och e betzje et Mobiliar ahnjeknabbert un üvverall ens e Höufje avjelosse. Un me'm Wasser hät hä et emmer noch nit en d'r Kopp kräje.

Monieriese renläje un dann alles met selvs ahnjerührtem Betong usjeße. Dat Jrobe hät och alles janz jot jeklapp, och wenn die Stützsäul jet kromm jewoode es, ävver se hält.

Dann wullt hä och drinne alles selvs maache. Och die Plaate en de Köch un em Baderoum op die *Wäng* krije. Fröher hatt dä dat och selvs jemaat, un do wor dat och janz jot jerode. Ävver diesmol hät hä dat besser sin jeloße. Hät op jede Wand bal drei Zentimeter Kleber dranjeklätsch un kraht et dann natürlich nit jrad, dat süht us wie wenn et ne Besoffene jemaht hät.

Ich hatt jo ald jesinn, dat dat nix jov, un ens ne Fliesenleier kumme loße. Ävver dä hatt ald jar kejn Loss, sich domet avzejevve. Hät ne völlisch üvverhühte Voranschlach jemaht, als wie wenn'er dat am leevste janit maache wullt. Un su hät minge Ühm dann wigger jemurks.

Un wie't dran jing, ovve en d'r Köch de Finsterbank an de neue Finster dran ze baue, hammer uns ens widder jezänk. Do hatt hä nämlich, wahrscheinlich vum Sperrmöll oder wer wejß woher, e paar Brochstöck us Marmor opjedrevve, die wullt dä zesammeflicke un do verwende. Für dä wor dat en Trophäe, für mich wor dat Schutt, un esujet jehööt für mich nit in en neu Köch eren. Un dann wore die noch nit ens lang jenooch, do hätt hä och noch irjendjet dröm eröm frickele mösse. Un e paar Löcher woren och noch eren jebohrt, die wullt hä dann noch irjendwie zoschmiere. Dat kunnt hä nit bejriefe, dat sujet nix ussieht un ich dat dodren nit han wullt.

Dä hät dä Diere noh nit ens ne Name jejovve. Dat woren emmer nur „dä Jröne" un „dä Blaue". Dä „blaue" wor blau, wieß un schwatz wie de Fahn vun Arjjentinien, dä han ich dann Diego jenannt. Un dä „jröne", jrön un jäl wie de Fahn vun Brasilien, wor dann de Pele. Do dät sich minge Ühm ävver nit dran stüre.

Zo dä Zick kohmen ald de Krankeschwestere vun d'r Caritas met d'r Tablette en et Huus, un die han emmer dodröver jemeckert, vun wejen Hyjiene un sujet. Als ov et bej däm noch dodrop ahnjekumme wör. Ävver dann han se dovür jesorch, dat die Vüjel nit mieh us dä Kess eruskohme.

Dä Pele es dann bal drop an ner Darminfektion jestorve, bestemp weil minge Ühm emmer noch ze fuul wor, ens ejmol am Daach et Wasser ze wäßele un dä an dä dreckije Bröh krank jewoode es.

Dä andere hät dann och nit mieh lang allejn durchjehalde, wat met dem wor, wejß ich ävver nit. Un dann wullt minge Ühm ald widder ne Neue han. Dat han ich ävver nit mieh metjemaat. Su ejnem e Dier anzevertraue, dat es jo Tierquälerei.

Vun d'r Caritas kohmen ävver jo nit nur Krankeschwestere, sondern och ens ejmol de Woch en Jesellschafterin, die dä ens e *betzje* für jet animiere sullt. Do hät dä die beschwad, un dann hät die'em widder ne Vurel jekouf. Wat die Kölläje vun dä dozo jesaat han, wejß ich nit.

Ich hatt dann selvs en neu Finsterbank maache loße, un die hät hä dann zähneknirschend enjebaut. Ävver wie ich dann ens widder vorbej kohm, hatt hä do dann och widder irjend su paar Marmorriemche als Verzierung dranjeklätsch, die hä widder irjendwo ens avjestaub hatt. Ov dat jet ussoch, wor dem ejal. Haupsach, hä kunnt singe Krohm irjendwie ungerbränge.

Wie ich'em jesaat hatt, hä sullt dat widder fott maache, wood hä widder wödisch un fingk an, erömzeschänge. Dat he wör si Huus un hä wööd kinne Handschlach mieh dunn, wenn ich mich esu ahnstelle un all esu jet. Kunnt hä nit han, dat et nit noh singem Kopp jing.

Hä hät et dann fott jemaat, ävver kunnt et wohl nit op sich setze loße.

Zoeez hätt hä dann anderswo alles an Krohm verärbejt, wo hä't ungerbringe kunnt. Bej däm unge em Jästeklo sin zickdem vier Zoort Plaate an d'r Wäng, e Dejl sujar üvverenander. E paar dovun sin vun minger ahle Köch, wo mer se wäjen däm Ömbau erusjehaue hatte. Haupsach, hä kunnt et irjendwie ungerbränge. Nur nix fottschmieße, alles ka'mer noch irjendwann irjendwie jebruche.

Ich hatt jo domols ald halv bej minger Fründin en Ihrefeld jewonnt un kohm ävver bal jeden Daach bej'em vorbej, do hatt ich jo och noch Klamotte un Saache em Hus. Un ejnes Daachs wullt ich do e ander Paar Schoh ahndunn, un do hatt dä co *Rießnähl* erenjedonn.

Dann hatt dä jo met d'r Zick emmer mieh jeistisch un antriebsmäßisch avjebaut, bis dat ich'em de Pflejer üvver en polnische Ajentur besorch han, dä de janzen Daach bej im wor. Un do es et dann wohl passeet, dat dä un minge Ühm sich bej dem Vurel jäjensiddisch openander verlosse han un sich jar keine mieh öm dä jekömmert hät. Ejnes Daachs looch dä dud en d'r Kess un wie ich mer dat ahnjeluurt han, hatt dä kej Körnche Foder mieh en d'r Box. Do hatte die zwei dä rejelräch verhongere loße. Un domet wor dann end-jültisch Schluss.

Telefoniere un 1 Direkverbindung

Vun allem, wat met moderne Technik ze dun hatt, wullt ming Oma jo nix hüre. Minge Ühm wor och nit vill besser. Dä hatt sich ens e neu Radio met Kassettedejl jekouf. Ävver wie mer dat met dä Kassette mäht, wie mer do jet vum Radio *opnimmp* un dat all, dat hätt dä nie en d'r Kopp kräje. Ming Mamm un ich han dat däm bestemp fuffzichmol jezeich. Un secher weil hä et nit bejriefe kunnt, hatt hä dann och kejn Loss mieh, sich domet avzejevve.

Un su jov et bej denne och lang kej Telefon. Wie ich mer dann ens ahnjeschaff hatt, han ich denne ne zweite Apparat en et Wonnzemmer läje loße, dat se'ns em Notfall ejne ahnrofe künnte. Oder dat ich ens dran jon kunnt, wemmer ens zesamme Foßball jeluurt han.

Wie de Oma dud wor, hät minge Ühm sich dann doch ne eijene Ahnschluss läje loße. De ejnziste, die hä domet ahnjerofe hatt, woren ävver ming Mamm un de

Dann han ich mich ens ömjeluurt un han noch einijes mieh jefunge, wat hä kapott jemaat hatt. Tasse kapottjehaue, Löffele un Jaffele verboore, vun e paar *Metze* de Kling avjebroche, an nem Meßbecher vun d'r Köch un nem Becher vun d'r Thermosfläsch de Boddem durchjestoche, *Sunnebrelle* verboore, Handtöcher zerresse, an zwei *Botze*, die zom *Drüje* op d'r *Ling* hinge, de Täsche kapott jeschnibbelt, Jardinge kapott jeschlitz, un noch einijes mieh.

Ich han'en zor Red jestallt un do mejnt hä, ich hätt jo och bej im „alles" kapott jemaat. Kohm met Saache, wo mer jemerk hät, jetz es hä janz beklopp jewoode. Zejch hä mir dä Stecker vun singer Wäschmaschin. Dä wor als Verzierung jet perforiert und do hatt dä mir vürjewurfe, ich hätt do die Löcher erenjemaat, für dat kapott ze maache. All su ne Blödsinn.

Jleichzeitisch hatt ich en d'r Köch en *Kump* met Julasch stonn, dat hä jemaat hatt. Fröher hatt hä sujet och ald ens für mich avjezweich. Do hatt hä villeich zwischendrenn ens widder e schlääch Jewesse kräje un wullt jet jotmaache. Dat ze esse han ich mich ävver nit jetraut.

Zo dä Zick hatt dä noch Jeld vun mir ze krije, wat hä mir ens jeliehnt hatt. Dat kunnt ich natürlich direk verrechne met däm, wat kapott wor.

Ävver et wor natürlich klor, su kunnt et nit mieh *wigger* jon met däm. Ben ich noh de Nerveärztin un han jefrooch, wat mer do maache künnt. Die hät mich nohm *Amsjereech* jescheck.

Jetränkedeenst. An däm Jerät kunnzte jo ald e paar Nummere enprojamiere, wo mer dann met nur ejner Zahl direk an ejne dran kohm. Ävver de ejnziste Nummer, die jemols do drop projameet wor, dat wor die vun minger Mamm. Un dat han ich'em noch jemaat.

Johre späder, dat wor koot nohdäm hä ne Pflejefall wood, han ich dä ens em Wonnzemmer jefunge, wie hä op'm Bodde looch. Wor hä us em Bett jefalle un hatt sich op'm Bodde noch bes en et Wonnzemmer jeropp. Ävver en Richtung Finster. Op die Idee, ahn et Telefon ze kumme un *Hölp* ze rofe, wor dä janit jekumme.

Ahn für sich wör für sun Lück, die nur drejmol em Mond e Telefon bruche, jo e Handy met Prepaidkaat et beste. Ävver domet wullt hä nix ze dunn han un *parat jekumme* wör dä bestemp och nit domet. Un su hatt hä johrelang mietsdens nur de Jrundjebühr bezahlt für nix un widder nix. Irjendwann han ich dat Telefon dann avbestellt.

En singem Wonnzemmer, met paar Plastikblöömcher un paar vun singer Schnitzereie op'm Schrank

Die däten dann ne Dokter schecke, dä sich dä ens ahnluurt un dann et Richtije in de Weje leite dät.

Su han ich et dann och jemaat. Han dozo ens alles opjeschrevve, wat hä su ahnjestallt hatt, un wat fröher all su met däm passeet wor. Do kohm jo üvver de Johre einijes zesamme un su fingk ich eetz ens richtisch ahn, mir klor ze maache, wie et met däm su wick jekumme es. Dann han ich bej mir ovve alles zojemaat, dat hä nirjens mieh dran kohm, un ben dann janz zo minger Fründin jetrocke. Han dann ävver trotzdem emmer noch ens no'em jeluurt un opjepass, dat hä nit noch mieh durchdrieht, un han och em Huus wigger met jearbejd. Ich hatt vun nem Urlaub em Sudan noch ne ahle, ald jet anjerostete Dolch, dä hatt ich mer in der Zick emmer parat jelaat.

Richtisch Angs han ich kejn jehatt, dä woss jo vun fröher, dat ich mich wehre kunnt. Deswäje maht hä jo nur sun Schikane, wenn ich nit do wor. Wie dann alles avjeschlosse wor, hatt hä ens Senf unger de Dürklink jeschmiert. Wie ne klejne docfe Panz. Un hatt dann hinger singer Dür jelauert, wat passiere dät.

Jrad wie ich em Flur am tapeziere wor, kohm dä Dokter vum Jereech. Dä hatt'en dann jet usjefrooch, un dä dät och richtisch all dä Blödsinn verzälle, dä hä mir all an d'r Kopp jeschmesse hatt, un jov och zo, wat hä all ahnjestallt hatt, un dät dat all für normal un für en Art Notwehr halde. Un dä Dokter hät'en dann och offiziell für beklopp erklärt un jesorch, dat hä vum Jereech paar Woche späder ne Betreuer jestallt kraht.

Die Plaate für et neue Badezemmer moht hä bej sich en d'r Köch *zoräch
schnigge*, weil singe Werkroum un bal dä janze Keller vur luter *Pröll* nit mieh
zojänglisch wor. Dat jov Stöpp en d'r Bud!
Zoeez hatt hä dat em Billardroum jemaat, ävver dat wor'em zovill Louferej
hin un her. Wat e Jlöck!

Su sooch et us, wie et fähdisch wor:
neue Vorbau als Winterjaade,
drövver ne Balkong, zwei Jaube em
Daach un neue Badezemmer

Wie et dann suwick wor un dä et eezte Mol kohm, hatt minge Ühm natürlich widder römjebröllt un nix enjesinn. Hätt schwadroniert, wat hä all künnt un he em Huus all jemaat hatt, un alles nur en Intrije vun mir wör. Do hatt hä mir ald widder jet Lejd jedonn. Ävver hätt jo nix jenötz. Un ahnjestellt hatt hä vun do ahn nix mieh. Hatt wohl Angs, ich dät süns noch dovür sorje, dat hä en de Jeschlossene köhm. Dobej jeht dat jo nit esu schnell. Ävver wor jo jot, wenn hä dat jemeint hatt, un kinne Ärjer mieh maat.

Dä Betreuer hatt dann jesorch, dat minge Ühm noh de Nerveärztin kohm, un die hatt`en dann met Tablette ruhisch jestalt. Die Tablette hät hä och brav jenumme. Met offizielle Autoritäte wie de Schmier oder em Jereech oder och vun nem Dokter kraht mer bej'em emmer noch jet jerejelt. Met dä Tablette jov hä dann och widder *Fridde*, wood ävver och lahmarschisch dovun, dä hatt vun do an jar kejne Antrieb mieh.

Bal nur noch met Bier drinke un Fernseh lure hät hä dann de Dääch eröm kräje. Radrenne lure hatt hä do für sich entdeck. Dat wor die Zick, wo dä Ulrich un dä Armstrong dobej wore.

Selvs es hä jo me'm Rad emmer nur noh de Arbejd jefahre un zom enkoufe. Ävver dä hät sich dat trotzdem jähn anjeluurt, weil mer do vill vun de Landschaff süht, vür allem, wenn et en de Berje jeht.

Dann sin jo e paar vun dä Köpp opjefloore wäje Doping, un donoh leev dat em Eezte en Zick nit mieh, nur bejm Eurosport.

Et Esse un sing Vürratshaldung

Wie de Oma dud wor, moht hä jo och ens jet wärm ze Esse han. Bej mir en d'r AOK hatte mer domols noch en Kantin, die krahte et Esse em Alu jebraht. Do han ich für'en dann die Woch över emmer jet met bestellt un'em dat jebraat. Engk d'r Woch kunt mer für de nächste Woch bestelle, emmer drej Saache zom us-sööke. Un wenn ich ens en Urlaub jingk, hammer et Esse vun d'r Caritas kumme loße. En Mikrowell hatt hä sich jo och ens ahnjeschaff, un su hät dat janz jot jeklapp.

Manchmol hät hä och ens selvs jet am Herd je-bröötsch. Am leevste ne Pott Julasch. Do wor dann alles möchliche drenjeschnibbelt. Dovun hät hä mir dann och ald ens jet ahnjebodde. Dat hät och je-schmeck. Ävver met d'r Zick kraht ich jo met, dat hä et nit esu me'm Verfallsdatum hatt, un do wurd mer dat e betzje unheimlich, un ich han nix mieh metje-jesse dovun. Han och manchmol jehürt, wie dä em Klo üvver d'r Schössel jehange un jekotz hatt.

Dat kohm och daher, weil dä ens en Zick lang drej Köhlschränk für sich allejn jehatt hät. Ahnfangs hatte mer uns jo ene Tiefköhlschrank jedeilt, dä em Keller stund. Do jov et och emmer jet Theater, wenn ich dä ens avtaue wullt. Han ich'em natürlich jesaht, dat mer dä ens freimaache un avtaue möht. Dann hät dä dat ävver emmer widder verjesse un üvverall, wo ich dann met de Daare jet freijemaat han, hät dä widder neue Krohm erenjestopp. Et selve wie süns och.

Dat hatt hä och em Apparat dren, kunnt sich ävver nie dä Kanal merke, wo dat leef, un wor ze drösisch, donoh ze sööke. Wenn ich ens do wor, han ich'em dat dann ahnjemaat.

Derweil jingk dat met minger Fründin en Ihrefeld usenander un ich ben widder en dat Huus zoröck. Ming Mamm hatt hä vürher och met singem Jezänk verjrault, die es dann ävver widder Putze jekumme, weil hä sich vun selvs jo do öm nix jekömmert un et och nit op d'r Reih jekraht hätt.

En dä Zick jingk hä noch selvs enkoufe, un hätt sich och et Jeld vun d'r Sparkass selvs jehollt. Do dät hä sich dann direk su 1000-1200 € jevve, do kohm dä dann 3 Mond met us. Un jedesmol nur 100-€-Sching. Wenn hä dann ens metkraht, dat ich och enkoufe fahre wullt, sullt ich dann och ald ens en Klejnischkejt für'en metbränge, e Brud oder sujet. Wör jo och normal kej Problem. Ävver dann kohm hä jedesmol met singe Hunderter ahn, domet sullt ich dann e Brud für 3-fuffzisch bezahle. Wor ze blöd, sich et Jeld klejner jestöckelt jevve ze losse, un ich sullt dann de Wechselstuff spelle oder mich me'm Bäcker römzänke, wenn ich do jedesmol met sunnem jroße Sching ahnkohm.

Wie ich noch e Auto hatt, han ich em jo och ens Bier jehollt. Ävver bej däm singem Konsum, zickweis, biste do jo janit mieh nohjekumme. Wie hä en Rente wor, hatt sich dat noh un noh bes op aach Fläsche am Daach jesteijert, vun morjens ahn övver de janze Daach verdeilt. Un dofür hätt hä't sich dann vun

Dann hät hä sich selvs ne klejne Tiefköhlschrank jehollt un bej sich em Baderoum erenjestellt. Dann hatt ich winnistens Rouh domet.

Un dann hät hä sich noch ene zweite normale Köhlschrank jekouf, ejne hatt hä jo ald en d'r Köch. Dä zweite hätt hä dann en d'r Winterjade jestellt, do wor och en Steckduß. Wenn dat ens su ne Bahnhoffspenner jewoss hätt! Weil, dä Winterjade wor mietstens op.

Dann hätt hä sich bejm Enkoufe emmer suvill Zeuch jehollt, dat tatsächlich alle drej Köhlschränk bes ovve voll wore. Un dobej hatt hä schnell kinne Üvverbleck mieh. Hät natürlich och dobej kin Ordnung un nie drop jeluurt, wat zoeetz fott möht. Un manchmol hät hä och noch et Tiefköhlzeuch en dä normale Köhlschrank em Winterjade jedonn, wo et dann jo nur e paar Daach jot wor, statt en dä Tiefköhlschrank em Baderoum.

Ming Mamm kohm domohls noch jede Woch bej`en zom Putze un hät dobej och ald ens die Köhlschränk opjerühmp. Do moht die manchmol e Drettel vun singem Zeuch *fottschmieße*. Ävver dä hät bestemp off ens jet jefresse, wat nit mieh jot wor.

Dä Tiefköhlschrank wor dann irjendwann ens kapott. Donoh stund dä ävver emmer noch johrelang em Baderoum als *Avlare*. Un weil dat jo nit besser wood met dem verjammelte Krohm, han ich dä zweite Köhlschrank em Winterjade dann ejnes Daachs leerjerümp un han en stelljelaat. Do hatt hä dann och nix mieh jäje jesaat. Dä Köhlschrank *ka'mer* emmer noch

nem Jetränkemaat bränge loße. Wor jet *dürer*, ävver hät jot jeklapp. Broot hä nur anzeroofe, un am nächste Daach kom et, mietzdens morjens. Die leer Keste moot hä dann us'em Keller rop en d'r Hoff bränge, un dann die volle widder runder.

Met d'r Zick feel'em dat schwer, un wenn ich do wor, han ich' em dobej jehulfe. Un ejnes Daachs kraht hä nit ens mieh die Bestellung op de Reih. Dann han ich dat och övernumme. Dobej han ich dann ens jet Alkoholfreies kumme loße, un dat hätt hä och jedrunke. Su han ich dann vun Mol ze Mol emmer ens jet mieh vun dem Alkoholfreie bestellt un dat normale emmer winnijer. Un dat hätt hä och met sich maache loße. Hauptsach, hä kraht si' Bier, ejal ov met „Musik dren" oder nit. Ich hatt och nit dä Endruck, dat hä ens *de Zidder kräje* hatt.

Späder hätt ejne vun dä Pole, die hä do ald als Pflejehelfer hatt, ens jemeint, vun däm normale Bier dät hä de *Drießerej* krije. Vun däm hatt hä dat dann janit mieh kräje. Un wie et ens andersröm jingk, also wie hä Verstopfung hatt, wullt ich im ens widder dat normale jevve, un do wullt hä et jarnit mieh. Hätt ich fröher nit jedaach, dat dat esu ejnfach weed, dä dovun fott ze krije.

Met d'r Zick wood dä su *drösisch*, dat hä sich wochelang nit mieh wäsche dät. Un dann leef hä och noch de janze Zick em selve Jogginganzoch eröm. Dä hat manche Daach esu jestunke, dat ich jedesmol zom Lüfte de Balkondür opmaache moot, wenn dä nur ens ejnmol unge durch de Flur jeloufe es.

bruche, *we'mer* ens en Party maht un et Bier köhl stelle well.

Me'm koche wor et dann och irjendwann vorbej. Ejnes Daachs kohm ich noh Hus un hürt wie bej mingem Ühm en d'r Köch de Eierkocher jebrump hät. Ben ich eren, han dä usjeställt, un hä soß em Wonnzemmer met ner Fläsch Bier un hatt dat Dinge ald verjesse jehatt.

En Zick späder han ich dat Jebromm widder jehürt, wie ich ens bej mir ovve durch de Flur jingk. Ben ich widder runder, un dann soß hä en d'r Köch donevve. Wie ich saht, wellste nit ens dä Eierkocher usmaache, säht hä nä, „ich well die noch jet länger koche loße."

Ich han et dobej belosse un ben widder rop. Wie ich dann en Veedelstund späder widder durch de Flur jingk, hätt dat Dinge emmer noch jedröhnt. Ich widder runder. Dä soß emmer noch dobej. Do ben ich an dat Jerät un han ens dran jeföhlt. Dat wor ieskalt, die Eier un dat Wasser do dren och. Do wor dat Singnal noch et eenziste, wat et an dem Denge noch jedonn hatt.

Dann sullt ich em ne Neue besorje. Ich han jedaach, dat mähste leever nit, dä määt hä doch nur widder kapott. Han em jesaht, koch d'r doch ding Eier met nem klejne Pott op'm Herd.

Dat wor dann ävver och kejn jod Idee, wie ich bal jemerk han. Paar Woche späder sooch ich bej'em op'm Herd dä klejne Pott stonn, de Bodde schwatz wie vun

Wenn de'n jefrooch häs, wann hä sich et letzte Mol jebraus hätt, dät hä jedesmol saare, jester oder vürjester. Un wemmer saht, et wör ävver ens widder Zick, hät dat nix jenötz.

Zoeez han ich dann probeet, dä Flur met nem Vürhang avzedeile. Dat hatt ävver nix jebraat. Dann han ich vun nem *Schringer* en Schiebedür enbaue loße. Dann hatt ich Rouh met däm Jestank. Jeändert hät hä sich deswäje ävver nit.

Dä kunzte do och ald für nix mieh jebruche. Wie ich ens en Urlaub jefahre ben, sullt hä ming Bloome jeeße. Hät hä och jedoon. Ävver dä hät dat Wasser ovve en die Pött esulang erenjeschött, bes et unge widder üvverjeloufe es, un ich hatt de Finsterbank un de Tapet versaut jehatt. Ejmol sullt hä dat Zeuch vum Bofrost ahnnemme. Statt dat en de Köhlschrank ze dun, hät hä't mer ejnfach op de Köchedesch jestapelt. Wie ich kohm, wor ald alles opjetaut. Su wor et nix met Vürrat für de nächste Woch, moht ich dat janze Zeuch üvver die nächste zwei Daach drop op ejmol fresse.

De Pflejestufe I hatte mer ald für'en ahnerkannt kräje, e paar Johr lang hatt mer ävver nix domet jemaat. Dann su öm 2008 han ich ens jemerk, dat hä die Tablette, die hä vum Dokter für drei Mond opjeschrevve kraht, ald noh zwei Mond all jenumme hatt. Do hatt hä wahrscheinlich nit mieh jewoss, ov hä se morjens ald jenumme hatt, un hätt sich dann noch en Ladung jejovve. Vun do ahn moot mer dat me'm Pflejedienst vun d'r Caritas rejele. Die kumme zickdem jeden Daach morjens un

Klütte, met nem Ress vun e paar Eierschale dren. Do hatt dä sich dat widder ahnjestellt un verjesse, un dat janze Wasser un die Eier woren verkoch. Do wor klor, dat et su nit wiggerjeit. Ich han direk de Sicherung vun singem Herd erusjedriet, süns hätt dä noch et janze Huus en Brand jesteck.

Die Eier kraht hä alle 2 Woche vum Eiermann jebraat. Et nächste Mol kunnt ich dä avpasse un han jesaht, vun jetz ahn sullt hä nur noch fädisch jekochte Eier bränge. Mer kraht jo domols ald et janze Johr lang die ahnjemolte Eier ze koufe, un wenn nit jrad Ostere wor, dann heeßten se Partyeier. Die heelten sich och jet länger wie die Normale. Dat hammer dann sulang jemaat, bes die Betreuer us Polen kohme.

Weihnachte 2004

ovends un jeven'em die Tablette avjezällt, un su lang sin se avjeschlosse en ner Box.

Wie ming Mamm jestorve wor, mohte mer jo ein finge, die sing Bud wigger sauber hale sullt. Do han ich bej mir op de Arbejd en Putzfrau jefrooch, ov se sich noch jet *dozo* verdinge wüllt. Die wor do de Äldste vun dä Kolonn, do hatt ich jedaach, die weed schon wesse, wie se met däm ömjeht. Un die wor zoeez och nit avjeneich. Kohm dann met ihrer Dochter ens lure, wullt sich dat met däm dann ävver doch nit ahndunn. Do han ich et Putze dann eetz ens och üvver de Caritas jerejelt.

Me'm Wäsche han die sich dann och bemöht, ävver lang hät dä kejne an sich dran jelosse. En Frau ald jarnit. Eez wie se ne junge Mann jeschick hatte, dä hät'en dann endlich ens av un zo unger die Braus kräje.

Ja un dann fingk et och noch ahn, dat hä singe Piss nit mieh halde kunnt. Moot ich 'em Pampers besorje. Un weil dä su deck wor, broht dä die en XXL, die jov et nur en d'r Apothek, un do och emmer eez op Bestellung, en d'r Drojerie krahzte die janit.

Die kannste jo wie en normale Ungebotz ahndun, un dat hät hä dann zoeez och selvs jemaat. Ävver wenn die dann voll wor, hät dä nit de Pampers jewäßelt, dä hät ejnfach en neu Botz drüvver ahnjedonn. Die wor dann natürlisch och schnell widder naaß, un in et Polster vum Sofa jing dann och emmer jet met eren. Manchmol han ich dann de versiffte *Botz* em jraue

Wasser em Keller (Wie de Rückstauklapp kapottjing)

Wie ich ens widder em Keller jet em Fotolabor jearbejt hatt, hürt ich op ejnmol ene Knall. Zoeez han ich nur jedaach, do hätt e Auto op d'r Stroß en Fehlzündung jehatt. Ävver paar Minute drop kraht ich naße Fööss. Drusse hätt et nämlich schwer jerähnt un jetz kohm et Wasser en d'r Keller eren.

Vun drusse ka'mer üvver en Trapp en d'r Keller un kütt do zoeez en d'r Wäschkösch. Un vun do kohm och et Wasser her. Neven d'r Wäschköch es e *Kabüffje* un do hatt minge Ühm ens e Klo enjebaut. Un wie ich do lure jingk, wo dat Wasser herkohm, *soot* ich wie et us'em Klo erusjeschosse kohm. Do wood mer klar: die Röckstauklapp moss kapott jejange sin, un do kohm och vürher dä Knall vun her. Un wie dä Kanal dat Rähnwasser nit mieh packe kunnt, wood dat us'em Kanal en et Huus erenjedröck.

Han ich schnell e paar Emmer jeschnapp, alle Düre zojemaat un minge Ühm jeroofe, dat mer zesamme dat Wasser erusbränge. Ävver dä hät eez ens nur blöd beijestande un woss üvverhaup nit, wat hä dun sullt. Ich han zwei volle Emmer Wasser de innere Trapp erop jeschlejf un'em en d'r Häng jedröck, die sullt hä em Vürjaade leermaache un zoröckbränge. Ben ich widder runder, de nächste zwei Emmer volljemaat, minge Ühm kohm ävver nit. Ich erop, un erus en d'r Rähn, do stund dä drusse an d'r Trapp no'm Keller, do wor och ald et Wasser üvver ne Meter huh. Un fingk dann ahn, vun do et Wasser eruszeschäppe.

Müllemmer jefunge, hatt dä die ejnfach fottjeschmesse. Wemmer do nit opjepass hätt, dann hätt dä noh ejnem Mond kejn ejnzije Botz mieh jehatt.

Ich han dann jerejelt, dat hä en Pfleje met en et Huus kraht. Dat jingk övver en Ajentur, die die Lück us Polen kumme liss. Späder kohme och ens zwei vun de Ukraine. Die woren dann mietstens drei Mond do un dann kohm en Avlösung.

An dem Daach, bevür dä eezte vun denne kumme sullt, hatt hä et met de Pisserej op de Spetz jedrevve. Do hatt ich bej däm en d'r Diele sibbe volljepisste Botze jefunge, ejnfach op de Bodde geschmesse. Su schnell kohmste jo janit me'm Wäsche noh.

Ich hatt dä Ajentur jeschrevve, dat ne Kääl kumme sullt, weil dä jo och bejm Pflejedienst kinn Frau an sich drahn jelosse hatt.

Do kohm dann ejner, Zenon hät dä jehejße, dä hätt sich och ähnzhaff bemööt, ävver su richtisch wor dat nix met däm. Einerseits wor hä jet üvvereifrisch, hatt mingem Ühm aach Mol am Daach de Pampers jewäßelt. Dat wor jo och nit nüdisch un hät och ärch jeld jekoss, suvill dät de Krankekass nit bezahle. Han ich de Urologe jefrooch, wie mer dat besser händele künnt. Dä hatt en Idee, die wor jet usjefalle un nit jrad appetittlich, ävver se hät funktioneet: die Pampers dät jo su ne halve Liter enhalde. Do sullt dä die jedesmol, wenn hä jewäßelt hätt, op d'r Köchewooch läje un lure, wie schwer se wor. Su hatt hä dann met d'r Zick eruss, wie off dat dann wirklich nüdisch wor. Do kohm hä dann met vier Stöck am

Dobej wor dat janit esu schlemm, weil vun do janit vill durch de Dürritze en d'r Keller kohm. Kraht dä ävver nit en d'r Kopp eren. Oder wor ze fuul, emmer de Trapp em Huus erop un erunder ze loufe.

Derweil stund en de Wäschkösch et Wasser us'em Klo ald mieh wie ne Meter huh, un durch de Dürritze no'm Kellerflur kohm emmer mieh durch, do woren et ald 20 Zentimeter. Un vun do jingk et en de andere Keller eren. De Düre han emmer noch jet zoröck jehalde, dat wor noch e Jlöck. Em nächste Keller stund dä Tiefköhlschrank, zom Jlöck op nem Podest vun 10 Zentimeter. Et hätt emmer wigger jerähnt un ich han dann allejn laufend et Wasser jeschäpp un noh ovve üvver de innere Trapp erus jeschlejf.

Naja, ich kunnt jenooch Wasser erusbränge, eh dat et an dä Köhlschrank un de Steckdos dofür drankohm, die es och ärch deef ahnjebraht. Ävver et Wasser wor natürlich üvverall erenjekumme un alles wor naaß. De Wäschmaschin un dä Trockner woren kapott, mie Fotolabor, dä Köhlschrank un och si janz Elektrowerkzeuch em Werkroum han ävver nix avkräje. Nur, die Trööt vun mingem Ühm kunzte do nit bej jebruche. Un wenn ich nit jrad an däm Ovend unge em Labor jearbejt un direk me'm Schäppe ahnjefange hätt, wör dat all kapott jewässe.

Wie dä Kanal widder frei kohm, es dat Wasser dann widder avjeloufe. Ävver dat wor jo nit nur Rähnwasser, dat wor och Drecksbröh us'em Kanal, do han ich dann de Daach drop noch met Putze ze dunn jehatt.

Daach us. Suvill hatt de Krankekass domols och noch bezahlt.

Me'm Koche han ich jemerk, do hatt hä nit vill drop. Alle drei Daach jov et dat selve. Un wenn et Jemöß jov, wie *rude* oder *suure Kappes*, dann wor dat kalt. Dat han ich dann späder och met andere erläv, dat *Jemöß* wärm un met *Öllisch* oder süns jet betzje parat maache, dat kenne die anscheinend nit.

Ävver mingem Ühm hatt'et anscheinend jot jefalle, dat hä runderöm versorch wood, un eröm lamenteet wie fröher hätt hä nit mieh.

Un ich wor fruh, dat dat met mingem Ühm su jerejelt wor un ejner op dä opjepass hätt. Esu kunnt ich en Urlaub fahre, ohne mer Jedanke ze maache, wat dä all ahnstelle künnt. Nachdejl wor dann ävver, dat dä vun do an janix mieh selvs maachen dät. Sich ens selvs e Brud schmiere oder ne Tee wärm maache, dat wor vun do ahn vorbej.

Dä Zenon hätt och andauernd probeet, dä zom Spaziere ze animiere, ävver wenn de dä zehnmol jefroch häs, dann es hä villejch ejmol e Ründche öm d'r Block jejange. Dann han ich ens ne Erjometer, dä ich vun minger Mamm jeerv hatt, bej'em em Wonnzemmer opjestallt. Do wor hä en nem halve johr jrad ens zweimol für fönef Minutte drop. Dann han ich dat widder en d'r Keller jedonn.

Zo dä Zick neu wor dann ävver, dat minge Ühm e paarmol Loss kraht, sich em Auto jet römkutschiere ze loße. Do hatt ich ald

Han de Wäschkösch, de Kellerflur un dä Keller met däm Köhlschrank durchjewisch un moot em Kellerflur och dä PVC-Belach erusrieße.

Dann woren do noch die zwei Keller, wo minge Ühm sich breit jemaat hatt. Dä eezte wor ens ne Party-roum, do hatt dä ävver ald esu vill Brassel erenjestopp, dat mer dä ald lang nit mieh dofür jebruche kunnt. Un dä miezte Pröll looch op'em Bodde un wor natür-lich och naaß. Dohinger hatt'er noch ene Werk-roum. Dä wor och met Zeuch esu volljestopp, dat mer sich nit mieh dren rühre kunnt.

Jetz hätt dä ejentlich jo dä janze Brassel erusholle mösse, domet mer dat widder *drüsch* un sauber kritt. Wor dä ävver ze fuul für. Dat *drüsch* vun selvs widder, mejnt'er nur dozo. Un su bleevt dat janze ver-siffte Zeuch do noch johrelang em Keller lije. Hät nit lang jeduurt, un mer hatte de Ratte dren. Dat hätt dann och en janze Zick jeduurt, bis mer die widder loss wore. Die kunnte sich en däm Jerömpels jot ver-stecke. Un die sin och nit doof, die merke dat schnell, we'mer ejnfach jet *Jif* usläht.

Domet de Wäschmaschin nit mieh kapott jeht, wenn sujet noch ens passeet, hät minge Ühm dann für die och e Podest en d'r Wäschkösch jebaut. Dat wor dann jo widder si Element. Un hätt et dobej natürlich wid-der *üverdrivve*. Jetz steht die neu Wäschmaschin op nem massive Klotz us ejnem Kubikmeter Beton. Dä weed do secher noch stonn, wenn dat Huus ald lang nit mieh do es.

selvs kejns mieh un ha'mer dat dann jemeet, oder späder üver Cambio jehollt.

Et eezte Mol wullt hä no St. Goar, wo sing Eldere her kohme. Do hatt och noch jet Verwandschaff jewonnt, unger anderem dä Häbät un et Wilma, die zoletz op d'r Beerdijung vun singer Mamm met dobej wore.

Dann simmer also ens op jot Jlöck do erop jefahre, ohne uns ahnzekündije. Un die woren och zo Hus an däm Daach. Bej dänne en däm Veedel es et normal, dat de Huusdür nit avjeschlosse es. Mer sin also eren un han die zwei en d'r Köch ahnjetroffe. Et Wilma em Pflejebett. Vür allem die hatt sch jefreut, dat ens ejner zo Besök kohm. Dann ha'mer uns jet sortiert un zosamme jesetz, un noh 5 Minutte fungk dä Häbät ald widder met singe Krankhejte ahn. Un dat wie sing Frau em Pflejebett donävve looch. 10 Minutte späder wood et mingem Ühm ald zovill, un hä wullt widder hejm. Su wore mer dann noh ner Veedelstund widder fott, noh dä 16 Johr, in dä sich die nit mieh jesinn hatte. Für et Wilma hät et mer Lejd jedonn. Ävver ich hatt och kejn Loss, mir ald widder stundelang dat *Jejöömes* vum Häbät ahnzehüre.

E halv Johr späder es et Wilma jestorve. Un mer hatte dat lang nit metkräje, weil dä Häbät noch nit ens en Kaat jescheck hatt. Ävver anscheinend nit, weil hä sich üvver dä koote Besök jeärjet hätt. Sing Dochter, dat Pia, hät mer späder verzällt, dat dä och emmer jemejnt hatt, sujet künnt hä alles selvs rejele, un

111

Ming Mamm met Wilma un Häbät bej denne vür'm Huus, su öm 2001

Fraulück un de Zeujen Jehovas

Zo ejnem Thema jit et bej mingem Ühm nit vill ze sare, dat sin Fraue. Hä es jo bes 55 vun singer Mamm jepäppelt woode un hatt anscheinend nie richtisch probeet, en Frau ze krije. Donoh wor sing Mamm jo ne Pflejefall un do moot hä sich ens öm die kömmere, do hatt hä och kejn Zick. Un dann wor hä ald 60 Johr un de Zoch avjefahre.

Ejner hät mer ens verzällt, wenn dä fröher me'm Horst zesamme en de Berje jefahre es, do wör op d'r Hötte doch ens e *betzje* jeloufe. Do wejß ich nix vun, do hät

hatt et dann doch nit op d'r Reih kräje. Do weed däm dat ejnfach durchjejange sin.

Noch ens 2 Johr späder wor dann och dä Häbät dud. Do hatt uns dann et Pia jeschrevve. Ävver an däm Daach, wo die Beerdijung wor, kunnt ich mer nit frej maache. Mer sin dann paar Daach späder do erop un me'm Pia an et Jrav jejange.

E ander Mol si'mer üvver de Landstroß noh Heimbach un han em Kloster Mariawald de *Ähzezupp* probeet. Ka'mer esse, ävver ich wejß nit, woröm do su'ne *Bohei* dröm jemaat weed.

Manchmol woss hä selvs nit, wo hä hen wullt, un dann si'mer ejnfach e betzje en d'r Jäjend erömjekurv. Dobej han ich'en ens jefrooch, wann hä et letzte Mol bejm FC-Vereinsheim jewäse wör, wo hä jo met jearbejt hatt. Do kraht ich jewahr, dat dä do nie mieh jewäse wor. Süns hätt hä fröher jähn jed Huus jezeich, an däm hä met jearbejt hatt, un jrad do wor hä nie mieh dren jewäse un vorbej jekumme.

Dann si'mer do och ens henjefahre. Domols kohm hä noch selvs die Trapp erop. Do sooch et noch us wie en de Joldene 1970er Zick me'm Weisweiler. Jroß Endruck hatt'em dat nit jemaat, dä hät och nit vill me'm Foßball am Hoot. Dann han ich ne Kaffee jedrunke un hä kraht e Bier, un su wor hä noch ens an singer eezte Baustell.

Späder kraht et minge Ühm emmer mieh me'm Alzheimer, un do kraht mer sun Tüürche met däm nit mieh jerejelt. Wenn dä

weder dä noch dä Horst ens jemols jet vun verzallt. Un wenn, dann weed dä Horst dat wohl für`en met enjefädelt han, anders kann ich mer dat nit vürstelle.

Ne andere hät mich ens jefrooch, ov hä anders jepolt wör. Ävver dat jläuv ich och nit. Dä hät bej sich em Zemmer vill vun dä billije Hefje vum Bauer jehatt, Praline un Wochenend un sujet, manchmol och esu Hardcorezeuch, wo hä dat her hatt, wejß ich nit. Zom Jebootsdaach un zo Weihnachte han ich em och ens ne Playboy jehollt, dat ens jet Niveau dozokohm.

Koot bevür ming Mamm jestorve es, hät die ens jet ahnjedeut, dat dä sich ejnes Ovends em volle Kopp ens an die ranmaache wullt. Dat wor noch eh se verhieroot wor. Se hätt sich dann enjeschlosse, un donoh hätt hä et nit mieh probeet.

Mir kohm et vür, als ov dä ejnfach drop wäde dät, dat ens ein an d'r Dür kütt un säht: „So, do ben ich, wo es de Köch un wo et Büjelbrett?" Un dä hät sich jo och enjebildt, dat ejnem wie im de Fraulück ejentlich de Dür enloufe möhte.

Dä hät jo wahrscheinlisch och ens ein krije künne, wenn hä et ens richtisch ahnjestellt hät. Ich han jenooch Arschlöcher jesinn, wo ich mich froren dät, wat die Wiever an denne jefunge hatte.

Ävver wer wejß, wat hä sich womöchlich do noch enjehandelt hätt. Ich han dat ens bej nem Kollesch op d'r AOK jesinn. Dat wor ne leve Kääl, ävver jet jehbehin-

dann ens widder kutschiert weede wullt, dann sullt dat direk loss jon, un bes de dann de Zick freijerühmp un et Auto orjanisiert hatts, hatt hä dat widder verjesse oder kejn Loss mieh.

Noh däm Zenon kohm dä Stanislaw. Wor janz öhntlich, ävver nit de Hellste. Besser jekoch hätt hä jo winnistens.

Ich hatt dem un och ald dem Zenon jo dat Rad vun mingem Ühm üvverloße, dat se domet Enkoufe fahre kunnte. Dat wor noch bal neu, met nem deefe Rahme für ahl Lück, un ner Ketteschaltung met 18 Jäng.

Ejnes Daachs hatt mer die Ajentur en Mail jeschrevve, dat däm Stani dat Rad daachs vürher jeklaut wooden es. Statt dat dä mir dat direk säht, fröch dä Doof eez bej de Firma ahn, wat hä maache sullt. Do brood mer dann och ald nit mieh no de *Schmier* ze jon. Un en Versicherung dofür hatt minge Ühm nit.

Jetz steht em Vertraach, wenn die jet kapott maache, oder wenn jet fott kütt, ka'mer die janit belange. Dä wullt mer dann 100 € als Entschädijung jevve. Ich han dann ävver 200 verlangk, die hät hä dann zwar och bezahlt. Ävver ich hatt dat Jeföhl, en de nächste Zick hät dä sich noh un noh jet vun d'r Haushaltskass avjezweich, un es su widder bej jekumme. Vun do ahn han ich mer die Ausjabe vun dänne op nem Blatt opschrieve un de Quittunge sammele loße. Wenn die neu Jeld han wullte, mohten die mer dat eez vürläje, wat se usjejovve hatte.

dert. Dä hät allejn em Huus jeläv, dat'em sing Eldere vererv hatte. Un wie dä ens en et Krankehuus kohm, hatt sich do en Schwester vun singem *Bettnohber* an dä dran jemaat. Ej Johr späder han die dann jehieroot.

Hammer uns eetz och met jefreut för dä. Ävver ne andere Kollesch, dä och do en dä Stroß jewonnt hät, hatt domols ald e Jeföhl, dat dat nit jot usjeht. Dä mejnte domols ald, die dät dä met ihrer *Bajasch* nur usnemme wie'n Weihnachtsjans.

Fönef Johr späder wor die *Truutsch* met ihrer *Bajasch* fott, un domet och et Jeld un et Huus, un dä Kollesch met Psycho en Frührent un em Pflejeheim. Dat hät mingem Ühm jo och passeere künne.

Jefährlich wood et bej' em nur ens met de Zeuje Jehovas. Hatt ich ens metkräje, wie die bei dä kohme, un ich han jemerk, dat wor nit et eezte Mol. Wie die widder fott wore, han ich mer dä ens ahnkräje.

„Wejß do eijentlich, dat die dich verrecke löhte, wenn de noch ens ene Unfall häts wie domols em Kanal oder op d'r Kalschürener Stroß? Die dürfe nämlich kei fremp Bloot ahnnemme bej ner Operation." Dat woss ich zofällisch. „Un et Bierche ovends kannste dir dann och avschminke, dat jit et bej denne nit." Dat woss ich nit jenau. Ejal, dat ejne oder dat andere hatt wohl Endrock jemaat. Bal drop wullt hä met denne dann och nix mieh ze dunn han.

Dä Stani kunnt dann noch e ahl Rad vun mingem Ühm fahre. Do han ich ävver jesinn, dat hä do och nit jot met ömjingk. Dat hatt och en Ketteschaltung, vürre drei un hinge aach Ritzel. Jedesmol wenn ich mer dat Rad ahnjeluurt han, hatt dä die Kett vürre un hinge op'em klejnste Ritzel, su dat die Kett janz quer leef. Dat darf mer nit lang maache, dovun jeht die *flöcker* kapott un de Ritzel sin och schneller avjelötsch. Wie ich däm Stani dat dann ens jesaat han, hät hä't stonn jeloße un es nur noch ze Fooß enkoufe jejange.

Ich han dä Stani ävver trotzdem behalde, un dä hätt sich dann bal 2 Johr lang met nem andere avjewäßelt, Piotr dät dä heeße. Dat hät dann einijermaße jeklapp.

Ävver däm Piotr wood dann de Frau dohejm ähnzhaff krank, un do moht dä vür de Zick noh Hus. Donoh kraht mer dat met däm Rhythmus nit mieh hen, un et kohm alle drei Mond ne andere.

Schmuure däten se all, ejal wä kohm. Dofür mohten se ävver erus jonn. Dat han se och jemaat. Eez noh 6 Johr wor ens ejne do, dä nit jeschmuurt hät.

Dä nächste, dä Name wejß ich ald nit mieh, wor bal jenau su deck wie minge Ühm. Dä hatt dat Rad dann widder jefahre, un hät et dann en 2 Woche jeschaff, dat janz kapott ze krije. Do wor et Jewinde an d'r Pedale erusjebroche. Do frooch ich mich bes hück, wie mer e Rad su schnell su kapott krije kann. Repariere hatt sich dodran nit mieh jelohnt. Dann moht dä och

Wie hä sich et letzte Mol als Mürer versöök hät

Die Muure öm dä Jaade röm hatten noh hinge rus en Dür. Dohinger wor ne Strommass un fröher e Feld, späder ne Spellplatz met jet Jebösch drömeröm. Un en däm Jebösch hatte sich e paar jung *Fendte* en Eck frej jemaat, wo se sich zom suffe trofe, dat wor su öm 2012/2013 eröm. Un wenn die zevill jetank hatte, han die ahnjefange *Dress* ze maache. Zoeez han se de Muur usse met Schmierereje *verschängeliert*. Dann an d'r Muur noh un noh die Avdeckung kapott jehaue, do wore Daachziejel drop. Un ejnes Daachs hatte se de Dür enjetrodde. Dat wor en schwere *Iesedür*, ald jet verross, ävver trotzdem mösse die ärch Jewalt dovür jebruch han. Un dann sin se en de Jaade un han do och einijes demoliert. Ich hatt an d'r Muur e klejn Zelt opjestallt, wo Werkzeuch für de Jaade dren wor, weil die Bredderbud do hatt jo minge Ühm och met Pröll volljestopp un avjeschlosse, un dä Schlössel dät hä anjeblich nit mieh finge.

Do hatte die Asis en dem Zelt de Heckeschier jefunge un dat domet kapott jeschnibbelt. Dann noch zwei Deckel vun dä Rähntonne kapott jehaue. Em Billardroum looch en *Jeije*, die ich vun Nepal metjebraat hatt, an dä hatte se de *Sigge* avjerisse. Un ne Kicker, dä ich do stund hatt, wor fott. Dä Billarddesch hann se winnistens en Rouh jelosse.

Ich hatt de *Schmier* jerofe un wie ich met denne em Jaade an dä Muur stund, hürte mer wie op d'r andere

ze Fooß jonn. Hät hä zoeez römlamenteet, ävver ich losse mir vun su ejnem doch nit noch mieh kapott maache.

Dä nächste heeß Kris un wor ne fuule Sack. Och üvver 2 Zentner schwer. Et eez dät dä sich de Bank us em Jaade en d'r Hoff stelle, direk vür de Jaraschepooz, wo de Rasemäher dren stejt, do hät hä dann daachsöver drop jesesse un *jeschmuurt*. Ejn noh de andere. Dat dä och d'r Hoff kehre sullt, kunnt dä janit ensinn. Un dann sooch ich dä me'm feine *Bessem* römhantiere, womet de Hälfte op'm Bodde lije bliev, jrad dann wenn et jerähnt hatt.

Dann kohm hä wäje de Schmuurerei nit me'm Jeld uss un hätt mer ne Vürschoss vun singem Honorar rejelräch avjepress. Normal bezahlste jo nur direk an die Ajentur.

Ejnes Daachs wullt hä sich widder dröcke, wie hä dä Hoff kehre sullt, un mejnt, hä hät *Zahnping*. Un wie ich met däm nohm Zahnarz jon wullt, mejnt hä, hä hät sing Kaat vun d'r Krankekass nit dobej. Ich also de Ajentur ahnjerofe, die han ne Krankesching jescheck, un ich dann bejm Zahnarz och jeklärt, dat se dä ahnnemme künnte. Simmer also do hin. Un wie mer jrad de Dür vun de Praxis erenkohme, hätt hä kehrt jemaat un mejnt, hä hät Angs vürm Zahnarz.

Dann han ich de Ajentur anjerofe un en Avlösung für dä verlangk, die kohm dann ein Woch späder. Wor ich ald fruh, dä Fulenzer loss ze sin. Besser wood et dann ävver met däm Nächste och nit.

Sick ne *Fendt* me'm Händy am schwade wor. Die *Iese-dür* wor jo widder ahnjelähnt, su dat dä uns nit jesinn hatt. Do hammer die Dür opjeresse un dann han die zwei vun de Schmier sich dä vürjenumme. Dä hätt blöd jeluurt, ävver bewiese kunnten se dem jo nix. Se han en Anzeich opjenumme, do es dann ävver nix drus jewoode. Ävver trotzdem wor donoh Rouh met dem Pack.

Jetz mohte mer dat Loch jo widder zo maache. En neu Dür für no do erus hammer nit mieh für nüdisch jehale, die Stell wullte mer dann zomure.

Minge Ühm wor do ald 75, wullt sich ävver noch ens selvs do drahn jevve. „Dat verlihrt mer jo nit", meint hä. Un ich han jedaach, dat däht'em jot, wenner ens widder jet ze dunn hät. Su han ich ne Sprinter jemeet un domet hammer zesamme em Baustoffhandel Stejn un Zement jehollt. Sand hatt'er noch e paar Tonne voll römstonn. Do wor ich och fruh, dat dä su ens fottkohm.

Et wor dann zoeez wie en ahle Zigge. Ich han die Stejn opjestapelt, de Spießbütt ranjehollt, dä hät me'm Meißel e paar ahle Stejn us d'r Muur rusjeschlare, domet dat neue Stöck enjepass un stabil jemaat wede kunnt. Dann de Spieß ahnjerührt, me'm Lot un Schnur et waagerechte parat jemaat un dann jingk et loss.

Ävver ich han schnell jemerk, su richtisch wie fröher hät et nit mieh jeklapp. Schich op Schich wood et emmer mieh kromm un scheef. Wenn fröher ne andere

Dat wor en richtije *Trööt*. Sprooch nit ej Wood Deutsch, un selvs noh drej Mond woss dä noch kejn Antwort, wemmer Morje oder Tach jesaat hät. Nur Wifi, Wifi, dat wor et eezte, wat hä wesse wullt. Me'm Putze un *Oprühme* hätt hä't och nit jehatt. Dat wood su schlemm, dat ich ens e paar Belder jemaat hatt, wie dä dat *Mott* verkumme jeloße hätt. Op'm Klo looche drej volljekackte Pampers nevven d'r Schössel op'm Bodde, dat Waschbecke wor voll met jebruchtem Klopapier. Em Wornzemmer looche de Zejdunge vun 6 Woche eröm. Ungerm Sofa *Stöpp* un Krömele, do hatt dä noch nit ens ejmol durchjefäch.

Un op de *Uure* hatt hä't och jehatt. Paarmol dät sich de Caritas beschwere, weil dä et klingele nit hüre dät un die nit eren kohme. Ejmol han ich et dann ens selvs jemerk. Do moht ich minge Ühm ens widder nohm Doktor bränge, routinemäßisch. Ich dä also us em Bett jehollt, ahnjedonn, dann us singem Schlofzemmer durch et Wonnzemmer en de Jarderob. Vun do jing de Dür zom Zemmer vun dä Trööt av. Die Dür wor op un dä soß op'm Bett, mem Jeseech nohm Finster rus, un wor me'm Handy am schwade.

Ich han mingem Ühm de Jack anjedonn. Dat jeht bej däm singer Leibesfülle jo nur met Fummelei, wo ich dä och e betzje anwiese moht, dat hä de Ärme erenkritt un de Reißverschluss zojeht. Su hammer en de Jarderob jestande un ich han met däm su jeschwaad, un die Trööt wor de janze Zick me'm Jeseech no'm Finster am telefoniere un dät nix metkrije. Dann simmer durch de Flur, do han ich minge Ühm och an de Hand

su jearbejt hätt, dann hätt hä sich üvver dä de Muul zerresse. Un wie 2/3 vun däm Stöck fädisch wor, hät hä selvs jesaat: „Ich kann et nit mieh", hätt alles stonn jelosse un es ejnfach en et Huus jejange. Un ich stund met däm Krohm allejn do.

Ich han dä Ress dann irjendwie zo Engk kräje, et sooch nit schön us, ävver Haupsach, dat Loch wor zo. Un donoh wieß ahnjepinsel un do hatt mer die Stömperej ald nit mieh esu jesinn.

Ävver vun do ahn, wo hä jemerk hatt, dat hä nit ens mieh müre kunnt, hätt hä sich noch mieh hänge loße.

18.05.2013, wie hä et letzte Mol müre wullt.

jenumme un laut un deutlich jesaat, jetz jo'mer loss, un die Trööt hät emmer noch nix jeschnallt. Ich han et dobej jelosse. Wie mer zoröck kohme, hatt hä't derweil dann doch jemerk, dat minge Ühm fott wor, un hät mich blöd ahnjeluurt. Un ich han mich jefrooch, wat passeet, wenn minge Ühm ens vun selvs opstünd un bej sich em Zemmer ömkippe dät.

Dä letzte Knall wäjen dä Trööt kraht ich dann em nächste Johr met d'r Stromrechnung. Bej mingem Ühm em Baderoum jit et kejn Heizung, nur su ne elektrische Heizlüfter, dä mer ens koot loufe litt, we'mer sich morjens parat mäht. Mir wor ald ens opjefalle, dat die meddachs noch jeloufe es, han die avjestallt un mer ävver noch nix dobej jedaach. Kann jo ens passiere. Ävver wie die Stromrechnung kohm, moht minge Ühm üvver 1000 € nohbezahle. Do moss die Trööt dä Heizlüfter de janze Zick rund öm de Uhr loufe jelosse han.

Dat Honorar für die Köpp wor jo em Vertraach fassjelaat. Ävver bal jedesmol, wenn en Avlösung ahnstund, han die vun d'r Ajentur probeet, jet mieh eruszeschlare. Weil dä neue anjeblich jet besser Deutsch künnt oder wat wejß ich. Han ich mich ävver nie drop enjelosse. Sujar dä Fettsack, dä dat Rad kapott jemaat hatt, wullten se mer widder schecke un dann mieh Jeld für dä han. Bestemp weil hä ze Fooß jon sullt. Ävver dat broot hä jo nit, dä wullt ich nit mieh sinn.

Noh dä Trööt kohm dann et eezte Mol en Frau, Iwona heeß die. Die wor ens richtisch op Zack. Hät eez ens die Bud widder

123

Die neu Heizung

Bes 1972 hatte mer met *Klütte* em Huus jeheiz. Do kohm dann ejmol em Johr de Klüttemann un hätt die Klütte us em Sack durch et Kellerfinster unge runder jeschött, die hatt mer dann parat *jestiffelt* un em Winter, su alle 1-2 Daach, moht mer dann ne *Püngel* us em Keller holle, dat et wärm bliev. Dat wor domols en d'r janze Stroß esu. Dann hatte de Lück kejn Loss mieh op die Klütteschlejferej un Stöpp un Äsch, noh un noh wurte die Klütteofe erusjeschmesse. Bej uns wor et dann och esu wick. De mietzde krahte jo Öl enjebaut. Do hatt minge Ühm, för die Zick, ävver de richtije Nas: dä hatt domols ald jedaach, dat dat Öl vun wick her kütt, un et och ens knapp wede künnt, wäje de Politik oder süns jet. Un zodäm bruch die och vill Platz em Keller. Doröm hat dä em Huus en Naaksspejcherheizung enbaue loße.

Dat wor sauber, ävver och jet lahmarschisch. Weil do sin jo Schamottstejn dren (ald widder Stejn...), die woote üvver Naaks me'm bellije Naaksstrom opjelade un joven dann am Daach de Wärm av. Un esu bruche die emmer ejne Daach, bes et wärm un och ejne Daach, bes se widder avjeköhlt sin. Mer kunnt et zwar met nem Jebläse och jet schneller wärm krije. Dat jov ävver en Stromrechnung, die jesalze un jepeffert wor.

Wenn et op d'r Herbs zojingk, han ich deswäje leever jet jewaad, eh ich die ahnmache, un eez ens ejnfach en Jack ahnjedonn. Dat wor also en Art Avhärtung. Un ming Oma un minge Ühm han die Heizung ald parat jemaat, do wor se ejn Woch met dran, die Trööt hatt jo nix jedonn. Hätt och öhntlich jekoch un emmer probeet, minge Ühm jet ze animiere, dat hä ens vür de Dür kohm. Zoeez hatt hä sich jeziert, och nit vun dä wäsche losse. Do han ich mer dä ens vürjenumme un jefrooch, wie em dat Esse vun der schmecke dät, un ob hä nit merk, dat et jetz ens öhntlich un sauber em Huus ussieht. Un dat et dann doch jot wör, dat jetz en Frau em Huus wör. Dat hät hä dann enjesinn, un dann jingk et met dä zwei.

Die wullt met däm och ens jet met de Würfel spelle. Dat kunnt natürlich nit funktioniere. Für sujet hatt dä nie Loss jehatt, dat woss ich noch us dä Zick, wie ich klejn wor.

Un dä an et Spaziere jon ze bränge, wor jo och nit ejnfach. Dat wor emmer noch esu, wenn de zehnmol jefrooch häs, hatt hä nüngmol nä jesaat. Un su hatt et Iwona wohl och kejn Loss mien met däm, un wie se ihr drei Mond röm hatt, es se fott un nit mieh widder jekumme.

Dann kohmen widder welche, die kunnzte verjesse. Ejn hatt jesoffe, hätt sich heimlich bej mir em Keller och am Portwing bedeent, de Fläsch für 18 €. Un e paar Woche nodem die fott wor, han ich em hingerste Eck vum Jaade en halvkapottene Tüt jefunge, vull met leer Fläsche un irjend nem andere Möll.

Die nächste wor en decke *Truutsch*, die wor noch ze fuul, zom *Schmuure* en de *Jaade* ze jon, un hatt sich em Winterjaade enjenistet un dä volljequalmp. Die wullt dann och e Fahrrad

vun September ahn durchloufe loße, esu kohm vun unge ald jet Wärm zo mir erop.

Trotzdäm wor ich dat ald lang satt domet. Et heeß dann och, dat wör nix für de Ömwelt, weil do vill Enerjie verlore jeit.

2013 jingk dä Ove en mingem Wonnzemmer kapott, un do wor dä Momang, dat janze Jedöns erusze-schmieße un jet anderes eren zo läje. Esu ben ich op de Fernwärme jekumme. Minge Ühm wullt dat bej sich nit han, hätt mich ävver ovve maache loße.

Dofür moot ich em Keller jet freimaache, wo dä alles met Brassel un *ahlem Iese* zojestallt hatt. Un och noch die ahle Klütteove met de Rühre, e paar Zentner Klütte un Brennholz erömstundte. Ävver wat hejß Brennholz, do wore och e Dejl lackierte Stöckcher met dobej, wie minge Ühm ens e paar ahl *Düre* klejn jemaat hatt, die hättste janit verstoche dürfe.

Dat Holz un e Dejl vun däm Pröll han ich dann me'm Container fott jeschaff. Die ahl Klütteove un dat ahle Iese me'm jeliehnte Sprinter no'm Schrottplatz, dat hät sujat e betzje Jeld jebraat. Un die Klütte han ich en ebay renjestellt, für ne Kaste Bier kunnt sich die ejner avholle. Dat hatt daachs drop tatsächlisch och ejne jemaat.

Su hatt ich jenooch Platz für die Anlare un han et och kejne Momang bereut. Jetz es et noh ner halve Stund wärm en d'r Bud. Dat Wärmwasser em Baderoum han ich och dodrop ömjestallt. Vürher hatt ich ne Durch-

vun mir han. Noh däm, wat ich met dänne Köpp ald erläv hatt, sullt se mer dofür en Bürgschaff üvver 100 € ungerschrieve, für wenn jet dran köhm. Wullt se sich nit drop enlosse. Dann moht se och ze Foß jon. Dann kohm et Janina. Die wor fleißisch, ävver üvvereifrisch un jet *verdötsch*. Entweder *opjedrieht* un üvverschwänglisch oder beleidisch un frustriert wie aach Daach Rähnwedder.

Alle drei Woche wor die de Jardinge am Wäsche. Wie wenn minge Ühm Zijarre op Kett rouchen dät. Als ov die vun dä Wäscherej besser wööte. Wie die et drette Mol domet ahn- fange wullt, han ich se usjebrems.

Ne Früngk vun mir es Hobbyimker un hät bej mir em Jaade och zwei Bienestöck stonn. Die stundte do ald zwei Johr un nie wor domet jet paseet. Wie dä ejnes Ovends ens widder no dänne *lure* kohm, wullt ich die met däm bekannt maache, domet se et nächste Mol Beschejd woss. Do kohm die widder opjedrieht en d'r Jaade, anscheinend hatt se och *ald jet intus*, un hät met ihrem Römjehampels die Diercher *jeck jemaat*, un ich hatt et dann avkräje. Die hät do esu römjewirbelt, dat dann ejn vun dä Biene mich jestoche hatt, et eezte Mol noh zwei Johr.

Vürher hatt die lang en Italien jearbejt un dät mich emmer met nem Jemölsch us Polnisch un Italienisch vollschwade. Wo ich ävver nix vun verstonn kunnt. Un dät mir dat dann zehnmol verzälle, als ov et dann besser wööd.

Met dä andere han ich mich jo üvver`t Handy em Google-

läufer, dä wor emmer eez ze wärm, dann hattste dran jedrieht un et wor 10 Sekunde jot, un dann widder ze kalt. Jetz duert et jet länger, bes et wärm es, dofür bliev et ävver su, wie mer't han well.

Minge Ühm hatt sich zo dä Zick ald janit mieh em Keller sin loße. Nur en de Wäschköch kohm hä sich noch si Bier holle. Un wie ich ens ejnmol dran wor, wullt ich dann direk och singe Keller ens *oprühme*.

Dä hatt hä ävver ald zick Johre avjeschlosse, un anjeblich kunnt hä de Schlössel nit mieh finge. Ich jläuv, dä wullt nur nit, dat ne andere en singem Pröll eröm hantiert. Mer kohm ävver me'm Blättche vun ner *Iesesäch* durch de Ritze vun dä Dür un esu han ich dat Schloss opjesäch, ohne dat hä dat jemerk hatt.

Weil ich met däm och nit jroß eröm diskutiere wullt, wat vun däm Jerempels fott künnt un wat nit, han ich dann noh un noh dä versiffte Krohm do *erus-jeschaff*. Emmer wenn dä Müll avjehollt wood, han ich minge Fahrradhänger voll jepack un ben *naaks* durch et Dörp jefahre, un han dat Zeuch en ander-lücks Tonne jeklopp, wo noch Platz wor. Wat e Spell, wenn ich do hück drüver nohdenke. Un wat noch zo jebruche wor, Werkzeuch, Näjel, Schruve un emmer widder Seif vun de Degussa, han ich dann eez ens suwick et jing sortiert.

Vun dä Seif han ich och ene Hänger voll jepack un dat noh d'r Tafel jebraat, die han die dann an de ärm

Üversetzer verständije künne, dat jing einijermaßen. Me`m Janina wor dat nit möchlisch. Die kunnt bestemp janit richtisch läse un schrieve. Kraat kejn 3 Wööd enjetipp un wenn se`t probeet hät, kohm nur *Dress* eruss. Su moht ich jedesmol waade, dat ens vun d`r Caritas ejn kohm, die polnisch kunnt un jet üvversetz hät.

Et schlemmste wor, wenn met mingem Ühm jet wor un die dann, öm dat ze demonstriere, an däm erömjezopp un jefummelt hät, wie wenn dä e Möbelstöck wör oder sujet. Un dat dä dat dann natürlich och ens nit mieh met sich hatt maache loße, wor jo kej Wunder.

Ejnes Ovends kohm ich noh Hus, wor de Huusdüür op, zwei Nohbere em Flur, un et Janina wor am römschänge. „Finito, finito", minge Ühm hätt se jeschlare, un se wullt noh Hus un he Schluss maache, suvill kunnt ich irjendwie verstonn. De Nohberin mejnte, minge Ühm wör henjefalle. Un allejn kunnt se dä jo n`t huhkrije. Anschejnend hätt se`t doch probeet, un dann wid hä villeich ens usjehollt han, ich wejß et nit.

De nächste Daach han ich dann de Ajentur anjeroofe un jesaat, dat die avjelöß wede will. Die wullten dat kläre un mir Beschejd jevve. Un do mejnt se dann, et wör alles nur e Meßverständnis un se wullt doch blieve.

Ävver ejn Woch späder hatt minge Ühm ens widder de *Drießerej* un nit nur de Klamotte, sondern och et Sofa voll jemaat. Wie ich do jrad beikohm, wor die dä am usschänge wie ne

129

Lück verdeelt. Un lang han ich nit jewoss, wat ich met all dä Schruve un Näjel maache sullt. Bes dann em Juli 2021 de Flut en Erftstadt wor. Die hatte do e Kontor für Baumatrial opjemaat, un dänne han ich dann jet dovun un noch einijes mieh avjejovve.

Ejne vun minge Naaksspejcheröve hatt ich als Reserve en de Jarasch stelle loße, falls ens ejne vun mingem Ühm kapott jingk. Dä eezte, dä paar Johr späder bej däm ävver kapott jingk, wor ne klejne, in singem Schlofzemmer. Do hätt dä us de Jarasch janit erenjepass. Zo dä Zick looch minge Ühm ald de mietzde Zick em Bett. Un do han ich de Naaksspejcher och bei'em erusschmieße un de Fernwärme enbaue loße, ohne dä jroß ze frore.

2014. Do wore ald die Pflejer us Polen do, dä hatt ävver noch de Express abonneet un och dren jeläse.

Panz, dä jet usjefresse hät. Un dä soß *bedröppelt* do wie ne ärme Sünder. Ich hatt noch jesaat, loss dä doch jetz ens en Rouh, ävver wenn die en Fahrt wor, kunnt mer die nit bremse. Dann han ich selvs bej de Ajentur de Avlösung verlangk, weil et menschlich met dä zwei nit mieh su wigger jon kunnt.

Wie et Janina dat metkraht, wor se widder beleidisch un hät kej Wood mieh met mer *jekallt*. Un bes die Avlösung kohm, jingk noch en Woch en et Land, sulang moht ich die noch ushalde.

Met de nächste fing et zoeez noch jot an. Zo dä Zick hatt ich en Fründin en Nippes un ben am Wocheengk och ens bej dä jeblevve. Un ejnes Mondaachs fröh kumm ich noh Hus, es de Husdür op un all Schlössele stecke vüredran em Schloss. Em Flur op d'r Trapp ne Zeddel: „Musste dringend weg, Familie", su ähnlich. Do wor die ejnfach avjehaue, ohne mir oder irjend nem andere Bescheid ze jevve.

Wie an däm Morje die Madam vun de Caritas kohm, hät sich eruss jestallt, dat die *Truutsch* ald Sundachsmorje fott jewäse un die Caritas zickdem ald zweimol esu en et Hus jekumme wor. Hät natürlisch och jede andere en et *Mott* zom usrühme kumme künne. Dann wör bej mir en neu Kameraausrüstung für 5000 € fällisch jewäse, un natürlisch noch einijes mieh. Un minge Ühm hatt also de janze Daach nur em Bett jeläje un nix ze esse un ze drinke jekraht, bes op zweimol et Jlas Wasser für de Tablette vun de Caritas.

Hä wor nit mieh jot zo Foß, un doröm hätt'em ne pensionierte Friseur en d'r Köch die Hoor jemaat. Späder kraht hä ne Rollstohl un ich kunnt'en widder no'm Salong bränge.

Am Köchedesch

Bes die Nächste kohm, hät et natürlisch widder e paar Daach jeduurt, un sulang moht ich selvs rejele, dat dä versorch wor. Et Wäsche un de Pampers wäßele hät de Caritas üvvernumme, ävver esse un drinke un de Wäschmaschin am loufe hale moht ich für dä maache.

Däm ens jet Avwechslung verschaffe, es och nit ejnfach. Mietzdens hätt hä jo kejn Loss, un we'mer en ens dozo animiert kritt, klapp et och nit emmer.

Dä wor e Lävve lang en d'r Jewerkschaff un wie hä en Rente kohm, kraht hä vun denne emmer noch et Hefje, un dann och ens en Enladung no'm Sommerfess. Do wor hä ald vier Johr ne Pflejefall, hatt sich koum noch für irjendjet intressiert un loht sich fass janit mieh us em Huus krije. Ävver wie ich'em die Enladung jezeich han, kraht ich'en doch noch ens animiert, do hin ze jonn. Ich han'en dann em Rollstohl henjebraht. Dat wor nomeddachs em Schötzeheim, nit janz 2 km vun zo Hus.

Ja jot, dat wor jo 19 Johr nodem hä vun d'r Degussa fott wor, un donoh hatt hä sich jo och nit mieh do blecke loße. Jekannt hatt' en jedenfalls kejne mieh. Vill Koläje us singer Zick woren ald dud, un andere sin evens nit jekumme. Met andere ne Verzäll anfange, domet hatt hä't jo ald nie, un jetz ez rääch nit. Su hammer dann allejn do jesesse, zoeez met nem Stöck Kooche un ner Tass Kaffee, dann met nem Kölsch, han e betzje de Musik zojehürt, un dann han ich'en widder no Hus jebraat. Wor en traurije Anjelejenheit.

Hölp bejm Opstonn. He wor et dä Stani. Späder kraht hä och e Pflejebett.

Zweimol am Daach kütt die Pillefee vun d'r Caritas.

Wat ich denne Lück vun d'r Pfleje jo och vürwerfe, dat die däm alles avnemme un'en bal nix mieh selvs maache loße. Ald wenn se'n us em Bett holle, stecke se'm de Schlappe ahn de Fööß, statt se'n sich die selvs angele loße, weil dat jo paar Sekündcne länger duurt. Desto fuuler wood dä natürlich, un maat vun selvs dann och immer winnijer un desto stiefer un unbewächlicher wood dä natürlich met d'r Zick.

Me'm loufe fingk et ahn. Eez es hä jo noch selvs vum Bett us en d'r Köch, dann moht mer'n bej de Hand nemme. Ne Rollstohl kohm dann och dobej, zoeez ens nur für *drusse*, we'mern ens widder noh'm Dokter kräje moht oder, wat vun Ahnfang an ald schwer jenooch wor, ens e Röndche öm de Block zom Spaziere erus kraht. Dann wood hä emmer waggelijer un es e paarmor ömjekipp. Un weil de dä allejn jo dann och schwer widder huh kriss, moht mer dä Rollstohl och en et Huus nemme.

Vun singem Schlofzemmer en et Wonnzemmer, durch de Flur un op de Klo jeht dat och, do kritt mer dä Rollstohl durch de Dür. Ävver de Dür en de Köch es zo schmal, do pass hä met dem Dinge nit durch. Un ald drej Daach nohdem mer dä Rolli em Huus hatte, wullt dä ald für die 3 Schritt no'm Köchedesch nit mieh us em Rollstohl opstonn un hätt sich stur jestallt.

Ich hätt dä en däm Momang jo setze losse un jesaat, dann häste halt noch kejne Honger, un et en halv Stund späder noch ens probeet. Ävver die Polin, die jrad do wor, hatt dä en et Wonnzemmer zoröck jerollt un daht däm do et Esse op d'r

E Bierche hatt hä sich fröher noch jähn enschenke loße.

En singem Schlofzemmer.

Desch. Un dobej es et dann jeblevve. Esu kraht ich emmer mieh Sorch domet, wie ich dä us em Huus krije sollt, wenn et ens *nüdich* wurd.

Dä *wunnt* jo em Hochparterre, un do moss hä jedesmol 5 Trappestufe erunder un naher widder *erop*. Vun ejnem Daach ahn hätt hä dann jestreik un wullt do nit mieh erunder jonn. Maach dat ens, 2 Zentner em Rollstohl die Trapp erunder krije. E paar Mol es et jot jejange. Dann hatt ich vun nem *Schringer* en Ramp baue losse. Erunder jeht et su janz jot, un erop kann hä emmer noch loufe. Dann jeht et jo och hejm en et Bett, do krit mer'en leichter röm für. Un wenn hä sich do ens querstellt, dät ich dä en ens en Zick em *Jaade* setze losse un et späder noch ens probeere.

Met dä Pampers jov et dann och noch jet Neues. De Krankekass wullt dovun emmer winnijer bezahle. Ävver dann wor ich met mingem Ühm ens widder bejm Dokter un bejm Ultraschall hätt dä jesinn, dat die Pissblos zom Platze voll wor. Do jingk bej däm vun selvs janix mieh erus, nur wenn hä richtisch Druck hatt.

Dä moss jo deswäje *Ping* wie nur jet jehatt han, un dat bestemp ald Monate, wenn nit Johrelang, hatt ävver nie ens ejne Mucks jesaat. Dat es vill esu bej Lück, die de *Kreech* un die Zick donoh metjemaat han, die *kühme* nit vill eröm. Ävver wenn ich do an dat *Jejöömes* vun däm Häbät denke, jenau et andere Extrem.

Si Naaksdeschlämpche. Bestemp noch vun vür'm *Kreech*.

Die Wonnzemmerlamp hät och ald einijes henger sich.

Mer sinn dann direk me'm KTW en et *Spidol*, un do kohm hä och direk unger't *Metz* un kraht ne Katheder durch de *Buch* jelaat. Wie se met däm dran wore, kohm en Frau met dämselve Problem en de Wartebereich eren un hät de janze Zick wie verröck eröm jejammert.

Zickdäm jeht dä Piss durch de Katheder en ene Büggel, un hä brouch nur noch 1-2 Pampers am Daach zom Drieße statt wie vürher 4. Die bezahlt de Krankekass dann noch.

Dovür kraht mer dann ander Spell met däm. Dann hatt hä sich de Katheder erusjeresse un mer moss widder no'm Urolore oder en de Ambulanz. Oder dat Dinge es verstopp un de Bröh läuv nevvendran erus un versaut sing Klamotte un et Bett. Dann spellt hä anscheinend emmer ald ens an sich eröm un dann kumme Keime durch de Katheder en de *Buch*, un hä moss för e paar Daach en et *Spidol*.

Dat kütt mittlerweile esu off vür, dat ich ald sare, dä hät widder sing Daach, wenn die Bröh em Pissbüggel ens widder rud es. Dann kritt hä e paar Daach Antibiotika, hätt de eezte 2 Daach de *Drießerej* dovun un noh aach Daach es et vorbej bes zom nächste Mol.

Zo nem Drama wood dat irjendwann, wemmer dä en et Taxi krije sullt. Do hatt hä sich ens widder am Katheder de Ungerliev entzünd un sullt in et *Spidol*. D'r Dokter mejnt ävver, no d'r Lindenburg en Kölle un nit noh Hürth, un su moot ich e Taxi kumme loße.

Iwona. Dat wor en Jode.

Do es hä dann noch die *Trapp* erunder, dann hammer'n em Rollstohl durch d'r Hoff an die Stroß no'm Taxi jerollt un wullten'en do eren krije. Noh vürre, weil do mieh Platz es. Ävver wie hä us em Rollstohl opjestande es un ich dä Rolli van d'r Stroß jeschaff han, hatte dä Fahrer un dat Nina, die do jrad bei'em wor, nit opjepass un dä es, statt met d'r *Fott*, me'm Kopp vüran en et Taxi *erenjekruffe*. Un hingk dann wie ne *Flitzebore* halv em Sitz, halv em Fußroum, un e Bejn hatt hä noch *drusse* hange. Et jing nit mieh vür un nit zoröck, un dä hätt sich och noch stur jestallt un sich irjendwo fassjekrallt. Dä Fahrer wor am *schänge*, dat wör nit sing Saach, dar wör jet für ne KTW, ävver ich han jesaat, Ihr hatt dat jetz met verbock, un jetz brängt' Ihr dat och widder met en Ordnung.

Bes mer die 2 Zentner widder erus hatte, woren ald 10 Minutte röm. Dann looch hä längs op d'r Stroß, un dann broot et noch ens 10 Minutte, dä met 3 Mann widder huh ze krije un dann richtisch eröm eren ze stoppe. Dä hätt sich dobej och noch hange loße wie ne naße Zementsack. Un wie mer dann endlich losfuhre, mejnt dä Taxituppes: „Wenn uns jetz de *Schmier* süht, koss et 280 €." Ich frore: „Woröm dat dann?" – „Jo weil ich vürre jar kejne mieh transportiere darf, wäjen Corona." – „Un dat saht Ihr mer jetz eetz??!"

Et es dann jot jejange, un et ussteje wor dann och relativ jlatt jeloufe. Hä kohm dann en e Zemmer met 2 andere. Do hatt ich noch üvverlaat, denne e paar Ohropax ze spendiere. Ich woss jo, wat dä em Bett für e Säjewerk es.

2020, mittlerweile kraht hä em Wonnzemmer opjedesch. Dat he wor de Ostertafel, vun de Nina us de Ukraine. Die wor 6 Mond bej'em, weil se wäje Corona sulang nit mieh fott kohm. Zom Jlöck wor die och anständisch.

Vun do ahn hatt ich e Rollitaxi kumme loße. Dann hatt dä Un-
gernehmer dä Waare ävver avjeschaff un mer hatte et noch
ens me'm normale Taxi probeet. Do hatte mer'en jot eren
kräje, henge diesmol, un wie mer am Spidol ahnkohme, wullt
hä nit mieh erus. Do ben ich en d'r Ambulanz un han ne Pflejer
jehollt, un met 3 Mann un jot Wörd ha'mern dann erus kräje.

Wenn et ens widder jet ze wähle jit, ejal ov Bundestach oder
süns jet, jon ich für minge Ühm dä Zeddel em *Rothuus* holle, un
dann kann'er zu Hus si Krüzje maache. Wie et 2020 Kommunal-
wahl jov, wor et ens widder esu wig. Do hatte'mer direk 4 Zed-
del zom Wähle, für de Kreistach, de Landrat, de Stadtrat un de
Bürjermeester.

Ich also met dä Zeddele zo däm an et Bett, für dat met'em
durchzejonn. Zoeez dä Sching für de Bürjermeester. Do woren
6 Lück drop, un wie hä sich dä Zeddel anluhrt, mejnt hä: „Do
stonn ich jo janit drop!"

„Nä", saht ich, „du wells jo och nit Bürjermeester weede. Do
sullste ejne vun *ussöke*, dä et wede soll." – „Jot, dann wähle ich
dä Tonn, wo stejt dä dann he?" – Rudi Tonn, vun de SPD, wor
bej uns ens Bürjermeester bes 1999, un 2004 es dä ald je-
storve. - „Dä Tonn es dud", saht ich also, „wenn de dä vun de
SPD nemme wells, dann mach et Krüz en de 2. Reih." Dat hät
hä dann och jemaat. Un met dä drei andere Zeddele jenausu,
ohne noch jet ze frore.

Es jo jet komisch, dat su ejner met bestemp, wä bej uns et sare

De letzte 3 Johr hatt hä sujar widder ne richtije Weihnachtsboum. De eezte hatt ich op de letzte Dröcker us'em Baumaat, un donoh zwei us em Jaade rusjeschlare.

hät. Ävver ich daach, die andere maachen et jenau esu, dann jlich sich dat widder us.

Anfang Februar 2021, wie mer emmer noch Spell met Corona hatte, wor ich zoeez ens ein Woch met däm allejn. Die Pfleje-frau, dat wor do et Nadja us de Ukraine, mot widder noh Hus, dat wor an samsdachs fröh, un die Avlösung kohm nit, die wor krank jewoode. Ich kunnt dann zom Jlöck noch jet met de Caritas rejele, dat die in dä Zick nit nur de Medikamente brahte, die han en dann och jewäsche un de Pampers jewäßelt. Ävver ich mot em dann natürlich jet ze Esse maache, un jedesmol us em Bett holle.

Su han ich dann ens widder metkräje, wie schwer dä op de Bejn ze krije wor. Un dat koum noch jet loss wor met däm. Nur zom Esse us em Bett en de Rollstohl, un donoh tirek widder in et Bett. Winnistens hät hä noch einijermaße jejesse un jedrun-ke. Am Sundach wor et janz schlemm. Do hingk hä no'm Esse em Rollstohl un laht de Kopp hänge, als wöhr hä koot vür'm Enschlofe. Dat soch ävver nit us wie'n normal Mödischkejt. Mieh wie dat hä sich daach, wie lang moss ich dat he noch metmaache.

Jetz hatt ich jo emmer bej mich jedaach, hä es et jo e jroß Dejl selvs schuld, dat hä su jewoode es. Emmer nur allejn römje-harge, un fröher och jesoffe, dat hätt'em Kopp nit jod jedonn, un dann jingk et och körperlich de Berch eraf. Ävver dat sich dat Elend esu lang trecke dät, do kunnt hä jo nix für. Doröm hätt hä mer doch Lejd jedonn.

Us dä ejne Woch wooten dann 3. Weil die Ajentur zo winnich Lück hatte un et wäje Corona och schwerer wor, die üvver de Jrenz ze krije. Dann sullt ejne us Bulgarien kumme.

Dä kohm ävver nit. Ne Daach nohdem dä mir ahnjekündich wor, reef mich sing Mamm an un säht, dä söß jetz op'm Flugplatz en Frankfurt-Hahn, hätt nur noch 30 € un wöss nit, wie hä vun do wiggerkumme sull, un ov ich dä nit avholle künnt. Frankfurt-Hahn, dat es medden im Nix, 250 km wick fott. Ich han mich dann breit schlare loße, han mer vun Cambio e Auto orjanisiert un ben do rop jefahre. Un wie ich do ahnkohm, wor dä ald widder fott. Ich han 2 Lück jefrooch, die kunnte sich an dä erinnere, do es jo nit vill loss. Do moss dä ejnfach met ner andere Frau metjefahre sinn, wer wejß wohin. Vun däm han ich nie mieh jet jehürt.

Ich wor et dann satt met dä Ajentur un han ne Vertrach met ner andere jemaat. Die woren tirek 500 € dürer, kunnten ävver och nit esu schnell ejne schecke. Un in dä Zick hatt hä ens widder sing Daach, hät rud jepiss un wor esu schlapp, dat de'n koum us em Bett krahts. Also moht hä widder in et Spidol.

Do hatten se dann och noch MRSA-Keime an'em fessjestellt. Un ich moht zoeez jo domet rechne, dat ich mer dat vun däm och enjefange hatt.

Ävver em *Spidol* wullten se mich nit für ze teste erenlosse, wäje Corona. Han mich avjewimmelt un verzällt, dat künnten och die vun d'r Coronatester maache. Dat wor natürlich Blödsinn. Ich do hen, un die wosste janit, wat ich wullt. Ming

Huusärztin han ich och jefrooch, die saht, se wör jrad voll met Termine un künnt mich nit drannemme. Bej d'r Krankekass mejnten'se, dat möht och ne Dokter maache, dä dovür ne extra Sching hät, un han mer 2 en Freche jenannt, bej uns en Hürth däten se kejne kenne. Dä ejne hät mich och avjewimmelt, dä andere jingk janit an et Telefon. Do küs'de der richtisch verlore vür, wenn de et anjeblich su joode Jesundheitssystem ens brööts. Domols hatt ich och noch jrad met jet Neues ahnjebandelt un die wullt mich su natürlich och nit an sich dranlosse.

Et letz han ich dä Huusarz vun mingem Ühm jefrooch, un dä hät et dann jemaat. Un dä Test wor dann negativ, feel mer ne Brocke vum Hätz.

En dä Zick, wo ich suvill met mingem Ühm ze dunn hatt, hätt dä och ens minge Name verjesse. Do reef hä emmer no nem Willi. Wie ich jefrooch han, wä dat sinn soll, han ich eez jemerk, dat hä mich domet mejne dät. Donoh woss hä minge Name ävver widder.

Dä neue Pflejer, dat wor dä Marian, kohm dann wie minge Ühm wäje däm MRSA noch em Spidol looch, un hatt dann en Woch lang jo nit vill ze dunn. Ich han'en zoeez de Bud met däm sterile Zeuch putze un de janze Klamotte un de Bettwäsch op 60° wäsche loße. Un wat sich nit op 60° hät wäsche loße, ha'mer en Plastiksäck jepack un für paar Daach en de Tiefkühler jedonn, do mohten de Keime dann och kapott jon. Un süns hatt sich dä Marian dat Fahrrad jenumme (wat minge

Ühm domols ens ussorteet hatt, wie et ze dreckisch wor), un hät sich de Jäjend ahnjeluhrt.

Dann endlich wor minge Ühm och keimfrei un kunnt widder noh Hus. Un me'm Marian klapp et met d'r Pfleje janz jot.

Ejnes Ovends han ich jehürt, wie hä em Bett fabuliert hätt, hä wullt widder op'm Bau ahnfange. Dä kütt ald vun selvs nit mieh us em Bett erus un künnt nit mieh allejn stonn. Dat hatt mich jo ens amüseet un och für dä jefreut, weil wenn hä esu phantaseet, jeht et im jo besser wie wenn hä sich klor es, wie et öm'en steht.

Esu dämmert hä sich durch de Daach, litt mietsdens em Bett, lurt bejm Esse noch e betzje Fernsehn, wobej mer nit wejß, wat hä dovun noch metkritt, un waad dodrop, dat et ze Eng jeht.

Wat mer met dä Köpp vun d'r Pflejeajentur manchmol erläv...

Sehr geehrte Frau R.,

Zur Abrechnung des Honorars für Herrn (...) möchte ich nach einiger Überlegung noch einige Anmerkungen nachreichen.

Die Betreuung der Pflegeperson durch Herrn J. war umsichtig und kam immer dessen Wünschen entgegen. Es war Herrn J. auch gelungen, meinen Onkel wieder zu etwas mehr Bewegung zu animieren, was zur Stabilisierung des Zustands beigetragen hat. Auch die Sauberhaltung der Wohnung war insgesamt zufriedenstellend.

Leider musste ich aber auch einige unvorteilhafte Begleitumstände festhalten:
Die Deutschkenntnisse, wegen der zuvor ein übertarifliches Honorar rechtfertigt werden sollte, waren doch lückenhaft und/oder verblasst, so dass wiederholt einige Missverständnisse, z. B. bei der Beschaffung von Hygiene- und Haushaltmitteln auftraten.

Befremdlich erschien seine Angewohnheit, schon bei einer Außentemperatur von +8° sämtliche Heizungen in der Wohnung auf volle Leistung aufzudrehen, in einem Fall offenbar sogar derart, dass der Drehregler undicht wurde, und sich dann in der so auf annähernd 30° überheizten Wohnung nur mit einem halbärmeligen T-Shirt zu bewegen. Damit nicht genug, wurde vereinzelt auch noch ein energieintensiver elektrischer Heizlüfter in Betrieb gesetzt. Gleichzeitig war der auf volle Leistung laufende Heizkörper im Schlafzimmer meines Onkels mehrmals trotz meiner Intervention mit dem Rollstuhl zugestellt, was zu einem Hitzestau mit erhöhter Brandgefahr hätte führen können.

Auch seine Angewohnheit, beim Kochen den Topf unbeaufsichtigt zu lassen und weder durch Einschalten der Dampfabzugshaube oder Öffnen des Fensters die Dampfentwicklung in der Küche zu begrenzen, lässt auf ein geringes Sicherheitsbewusstsein schließen.

Da ich in den folgenden Monaten mehrmals auf Reisen sein werde, und angesichts der politisch bedingten Preissteigerungen bei den Energiekosten, würde ich es vorziehen, wenn sie bei der Ablösung für Herrn D. einen anderen Mitarbeiter vorschlagen würden.
Mit freundlichen Grüßen

Udo Slawiczek

Dat wor et met mingem Ühm, sowick ich et bes hück met erläv han.

Für mich wor hä emmer et Anti-Vürbeld, su wie dä wullt ich nie wede. Deshalv wor ich *iehrter* zovill *op Jöck*, wor manchmol de janze Woch nit ejne Ovend dohejm, han vill vun d'r Welt jesinn un vill met andere Lück ungernumme.

Ävver Bekanntschafte *bleeften* of oberflächlisch, och wenn secher manches Mol *mieh* dren jewäse wör. Un su manche es mer esu och üver de *Wääch* jeloufe, dä mer leever erspart jeblevve wör. Nur es mer dat emmer noch leever wie nur me'm decke *Buch* dohejm et Bier ze suffe, Spinnereie uszedenke un römzelamentiere, un am Engk johrelang verdötsch un allejn für sich hen ze vegetiere, ohne dat mer noch vun selvs us em Bett kütt, jeschweije dann us em Huus.

Effere, em April 2022.

151

Übersetzungen Kölsch/Deutsch

Kölsch	Deutsch
ahl Iese	Alteisen
Ähnz	Ernst
Ähzezupp	Erbsensuppe
ald jet intus	hier: alkoholisch angeheitert
Amsjereech	Amtsgericht
Äpelschloot	Kartoffelsalat
Avlare	Ablage (Regal, Bord o. ä.)
avjeresse	abgerissen
Bajasch	hier: abfällig für Sippe, Familienclan
dresse	bescheißen, betrügen
bedröppelt	kleinlaut, geknickt, niedergeschlagen
beluurt	besehen
Besök	Besuch
Bessem	Besen
bestrungkse	hier: bewundern
Bettnohber	Bettnachbar (im Krankenhaus)
bleeften	blieben
Bohei	Aufwand, Aufhebens, Umstände
Botze	Hosen
Brassel	Krempel
Brud	Brot
Buch	Bauch (dt. Buch = Booch!)
de Berch eraf	bergab (hier: gesundheitlich)
de Zidder krieje	Ausfall-, Entzugserscheinungen bekommen
Desche	Tische

dojäje	dagegen
dozo	dazu
drenne	innen
Dress	Mist, unüberlegte Handlung oder Unterlassung, Unfug
Drießerej	Durchfall
drop jehatt	"drauf haben", Intelligenz
drop jejange	„draufgegangen", gestorben
drösisch	lahmarschig, verpeilt
Drüje	Trocknen
Drüsch	trocken
drusse	draußen
Dud	Tod
Düre	Türen
dürer	teurer
düres	teures
düür	teuer
Duvve	Tauben
e betzje	ein bisschen
em vürus	im Voraus
en Deck jetrocke	(im Gebäude) eine Zwischendecke eingezogen
en d'r Blech	im Gefängnis
Enjemaate	Eingemachtes
erenjekruffe	hineingekrochen
erömjeschannt	herumgeschimpft
erop	hinauf
erusjeschaff	herausgeschafft (Materialien)
Erve	Erbe
Et jit	es gibt

fassjebunge	festgebunden
Fendte	Jungen
Fisternöllche	(eher kurzzeitige) Liebesbeziehung
fleje	hier: fliegen
Flitzeboore	Schießbogen, hier: in alle Richtungen heraushängend
flöck, flöcker	schnell, schneller
Foder	Futter
Fott	Hintern
fottschmieße	wegwerfen
Fridde	Frieden, friedlich
henge drop	hinten drauf
herjetrocke	(über andere) geringschätzig geredet
Hölp	Hilfe
hück	heute
hurt	hörte
iehrter	eher, lieber (als)…
Iesebahn	Eisenbahn
Iesedür	Eisentür
Iesesäch	Eisensäge
injeijelt	eingeigelt
Jaade	Garten
jähn	gern
jäjensiggisch	gegenseitig
Jarasch	Garage
Jassjäver	Gastgeber
Javvel	Gabel, hier: Happen
jeck jemaat	hier: aufgeschreckt

jeflupp	funktioniert
jefrößelt	Gearbeitet, gebastelt
jehoot	gehört
Jeije	Geige
Jejöömes	Gejammer
jekallt	geredet
Jemöß	Gemüse
jenoch	genug
Jerüss	Gerüst
jeschamp	geschämt
jeschmuurt	geraucht
jestiffelt	gestapelt
jetrodde	getreten
jewetz	gewitzt, schlau
Jif	Gift
jrön	grün
Jutsching	Gutschein
ka`mer	kann man
kabitzisch	streitlustig, launig
Kabüffje	kleine Kammer
Kappes	hier: Kohl
Keu	Unwichtiges oder endlos wiederholtes Gerede
Kirschprum	Kirschpflaume (säuerliches Steinobst)
Klütte	Briketts
kniestisch	geizig
Knups	Schaden, kleine Abbruchstelle

Köbes	wörtlich: Jakob, umgangssprachlich: Brauhauskellner
Kooche	Kuchen
Krauter	kleiner bis mittelständischer Bauunternehmer
Kreech, Kreje	Krieg, Kriege
kühme	Jammern, klagen
Kump	Schüssel
Kurasch	Courage
Kusäng	Cousin
Lävve	Leben
Lierjung	Lehrling
Ling	Leine
lööch	läge
Lück	Leute
lure	sehen, nachsehen
luter	lauter
Maat	Markt
Meddachsdesch	Mittagstisch
Metze	Messer (Mz.)
mieh	mehr
Monieriese	Moniereisen ("Skelett" im Spannbeton)
Moot	Mut
Mott	hier: Haus
MPU	Medizinisch-psychische Untersuchung
Mürer	Maurer

Muul	Mund (Maul)
naaks	nachts
nit ligge künne	(jmd.) nicht leiden können
no mir jeluurt	nachgeschaut
Nohberschaff	Nachbarschaft
nüdisch	nötig
ohne ze frore	ohne zu fragen
Öllisch	Zwiebel(n)
öm de lerzte röm	um den Ersten (des Monats) herum
ömjeduusch	umgetauscht
op Jöck	unterwegs, unter Leuten
opjedejlt	aufgeteilt (Wohnungsschnitt)
opjedrieht	aufgedreht, hier: überschäumend fröhlich
opjehoot	aufgehört, hier: gekündigt
Opjesetzte	Aufgesetzter: mit Obst o.ä. angereicherter Schnaps
opnimmp	aufnimmt (Audio oder Video)
oprühme	aufräumen
Panz	Kind
Pao	Vater
parat jekumme	zurecht gekommen (Handhabung v. Geräten)
Paveier	Pflastersteine
Ping	Schmerzen
Polier	Vorarbeiter im Maurerhandwerk
Poss	Post
Pröll	Gerümpel, Krempel
Promme	Pflaumen

Püngel	Anzahl, gewisse Menge
randösisch	nervös, irritiert
Reuesse	Leichenschmaus
Riefe	Reifen
Rießnähl	Reisnägel, Heftzwecken
Rigge	Reiten
Rhing	Rhein
Richfess	Richtfest (wurde vom Bauherrn für die Bauarbeiter ausgerichtet, wenn Rohbau und Dachstuhl fertig waren)
Rothuus	Rathaus
rudem	rotem
rude Autonummer	rotes Kennzeichen
rusjeklopp	herausgeschlagen, entfernt
Schabau	Schnaps
Schäng	Jean (seit Köln "Franzosenzeit" beliebter Vorname)
schänge	schimpfen
Schmier	Polizei
schmuure	rauchen
Schnüss	Mund (Schnauze)
Schringer	Schreiner
Schruvetrecker	Schraubenzieher
Schwaderej	Gerede
Sigge	Saiten, auch: Seiten!
soot	sah
spetzkräje	mitbekommen, in Erfahrung gebracht

Spidol	Krankenhaus, Spital
Spieß	hier: Mörtel
Stöpp	Staub
Striefeware	Streifenwagen
Strungserej	Prahlerei
Sunnebrelle	Sonnenbrillen
suure Kappes	Sauerkraut
Trapp	Treppe
Trööt	eigentlich: Blechblasinstrument, hier: Versager
Truffel	Maurerkelle
Truutsch	unsympatische Frau
Tuppes	Mann, Partner
Ühm	Onkel
unge	unten
ungerwähß	unterwegs, unter Leuten
usjonn	ausgehen
ussöke	aussuchen
Uure	Ohren
üverdrivve	übertrieben
Vege	Frühere Einkaufsgenossenschaft kleinerer Lebensmittelhändler
verdötsch	verwirrt, verrückt, desorientiert
verklääv	verklebt, verkleistert
verschängeliert	versaut
verstoche	verheizen, verbrennen
Vüjel	Vögel
vun alle Sigge	von allen Seiten
vun wiggem	von weitem
Vurel	Vogel

Vurelskess	Vogelkäfig
Wääch	Weg
Wäng	Wände
wemmer	wenn man
wigger	weiter
Wing	Wein
wödisch	wütend
Wööschjer	Würstchen
wunnt	wohnt
Zahnping	Zahnschmerzen
Zäng	Zähne
Zerschlare	verprügelt
zojänglisch	zugänglich
zojelurt	zugesehen
zoräch schnigge	zurecht schneiden

Vielen Dank an Birgit Neumann fürs Probelesen und hilfreiche Rückmeldungen.

Bildernachweis